LA FILLE DU POULPE

DES CLICS
ET DES CLAQUES

Des clics et des claques
ISBN 978-2-8207-0327-9

Coordination de la collection par Serguei Dounovetz

LA FILLE DU POULPE
Dominique Sylvain

DES CLICS ET DES CLAQUES

LA FILLE DU POULPE
MOBY DICK ÉDITEUR

Du même auteur :

Baka ! (1995) (2005)
Passage du Désir (2005) Grand Prix des lectrices de Elle
Vox (2000) Prix Sang d'encre
Strad (Prix Michel-Lebrun 2001),
Guerre sale (élu meilleur polar français 2011 par la rédaction du magazine LIRE),
Kabukicho (Prix Interpol'Art 2017),
Une femme de rêve (Prix Claude Chabrol 2020)
Mousson froide (Prix France Canada 2022)
Panique en Armorique (2023)
Périlleuses Pyrénées (2024)

Chapitre 1

Pantin
Vendredi 2 février 2024

Le chemin de halage, désert à cette heure matinale, était légèrement brumeux. Le canal de l'Ourcq malaxait des vaguelettes gris vert, de longs nuages mauves traversaient le plomb du ciel, la bruine faisait luire les pavés.

Solveig fixa sa perche sur son smartphone, se positionna dans le décor, commença à se filmer, puis vérifia le résultat. Teint de nacre, regard smoky, bouche rouge sang, son maquillage envoyait autant d'énergie que sa doudoune orange. En harmonie avec ses cheveux bruns resserrés dans un chignon haut perché, il lui donnait un look « geisha spectrale aux yeux bleus ». En arrière-fond, la péniche dégageait un charme mystérieux.

Parfait ! se dit la jeune influenceuse.

— Salut, les chéris ! commença-t-elle. Je sais, je

vous ai manqué. Mais l'attente valait le coup. Vous allez visiter un endroit fantastique en ma compagnie. *Ma* péniche. Acheté avec *mes* économies. *La Vénusienne* sera une salle de spectacle fabuleuse, qui accueillera des concerts chaque semaine. Vous savez que j'adore la musique, hein ? En plus, ici, c'est la ville à la campagne... Hé, vous entendez ça ? Les oiseaux chantent à Pantin. Et on n'est pas embêtés par les odeurs des pots d'échappement. Allez, on y va !

Elle se filma montant sur la passerelle. Prudence, les bottines que lui avait refilées l'annonceur avaient des talons vertigineux.

L'éclairage intérieur étant déjà réglé, il lui suffisait d'entrer « en scène ». Pour l'instant, c'était en chantier, mais ses followers pourraient déjà se faire une idée du potentiel de l'endroit. On tiendrait à au moins deux cents personnes là-dedans. Le bar, un authentique zinc des Années folles chiné aux puces, tenait compagnie à des canapés dépareillés qui ressusciteraient quand elle aurait fini de les retaper.

Un boulot énorme, mais qui en valait la peine. Pour la première, elle aurait son lieu. Elle pourrait y travailler, y vivre. Un rêve devenu réalité.

Elle s'accouda au bar. Son buste se reflétait dans le grand miroir en arrière-fond. L'effet serait intéressant.

Il était temps de vanter les produits qu'on lui avait confiés. Cette doudoune flashy coûtait un bras, son rouge à lèvres schlinguait la fraise synthétique, ses bottines étaient aussi confortables que des moules à gaufres, mais elle ferait de son mieux pour convaincre son public de la nécessité absolue de se les procurer.

Elle balança son topo promotionnel. Puis visionna le résultat.

Je n'y mets pas assez de conviction, décréta-t-elle.

Elle s'encouragea, se concentra et recommença. La prise suivante fut la bonne.

Elle connecta son smartphone à son ampli Bluetooth et sélectionna *Tristesse* de Zaho de Sagazan, une chanson qu'elle écoutait sans arrêt. Subtilement soutenue par un synthé, la voix sobre de la chanteuse s'empara du vaste espace de la péniche à moitié vide : « *Qui va là, tristesse / Vous ne m'aurez pas ce soir…* »

Puis la boîte à rythmes se fit entendre, donnant immédiatement envie de bouger.

Solveig abandonna son smartphone sur le comptoir, grimpa sur le podium et se mit à danser. La chanteuse racontait l'histoire d'une femme qui avait souffert et erré, mais savait à présent comment vivre. « *Quelle audace de me faire croire / Que je ne suis qu'un pauvre pantin…* »

Solveig aurait pu se filmer en train de chalouper et balancer ça en ligne, mais elle n'en avait pas envie. Aujourd'hui, être seule, et sans le regard de quiconque, lui semblait un assez bon choix.

Elle ondula en pensant que son blues commençait à la lâcher. Ces derniers temps, ça allait beaucoup mieux. La paix n'était pas encore au rendez-vous, mais elle en prenait le chemin.

Soudain, la musique s'arrêta et tous les spots s'éteignirent.

L'influenceuse se figea. Une panne de fusible ? Dommage. En dansant sur cette belle chanson, elle se sentait si bien.

Elle s'apprêta à descendre du podium.

— Arrête-toi.

Une voix masculine venait de retentir.

Solveig eut la sensation que son cœur se coinçait dans sa gorge. Elle avala sa salive.

— Hé ! Vous êtes qui ? réussit-elle à articuler.

Le type ne répondit pas. Au lieu de ça, il joua avec le tableau électrique, allumant et éteignant la salle, le bar, la scène. Il décida de n'éclairer que cette dernière zone.

Elle avait eu le temps de l'apercevoir. Un type dans les vingt-cinq ans. De taille moyenne, mince, mais avec de larges épaules. Chemise blanche, cravate noire, trench beige.

Plantée au milieu du podium, sans défense, elle se reprocha sa stupidité. Elle avait laissé la porte ouverte. Parce que ce coin de Pantin était tranquille, sans danger…

— Vous n'avez rien à faire chez moi ! osa-t-elle de nouveau.

Elle leva la main devant son visage pour que les spots cessent de l'aveugler. Elle discerna la silhouette de l'inconnu. Il se tenait près du bar, immobile.

Solveig pensa à la boîte à outils posée à côté des pots de peinture, et qui contenait un marteau. Un moyen de défense.

Dans l'ombre, son couvercle jaune vif évoquait une bouée de sauvetage.

Elle pouvait l'atteindre avant que ce type s'approche.

Elle se propulsa hors du podium, atterrit sur les lattes de bois. Son talon droit s'enfonça dans un trou, sa cheville se tordit. *Foutues bottines ! Parquet merdique !* jura-t-elle intérieurement. La douleur lui était remontée jusqu'au cerveau.

Sur sa droite, des bruits de pas. Ça y était. Ce gars fonçait sur elle.

Elle trouva la force de se projeter vers la boîte à outils. Elle y plongea la main, agrippa le marteau.

Une douleur fulgurante lui laboura les reins en produisant un *chriiicc* acide. Elle brailla.

Il y avait eu un éclair, il s'attardait sur sa rétine.

Elle se laissa tomber lourdement sur les fesses. Relevant lentement la tête vers son agresseur, elle constata qu'il ne bougeait pas.

— Vous voulez quoi ! C'est ridicule. J'ai pas d'argent ici !

— Ridicule... ? Vraiment ?

Cette voix, douce et profonde, lui glaça le sang.

Il se mit à agiter un smartphone devant elle. Solveig plissa les yeux, comprit que c'était le sien. Ce type l'avait récupéré où elle l'avait laissé. Sur le bar.

— Le code, dit-il.

Elle le lui communiqua.

Elle l'observa tandis qu'il explorait son téléphone. Une peau lisse et claire contrastant avec des cheveux noirs coupés court. Des joues creuses. Des yeux bizarres, étirés et d'un gris presque blanc. Des lèvres minces. La lèvre inférieure était grenat. Comme maquillée.

Il fit disparaître l'appareil dans sa poche.

Solveig prit conscience d'une odeur, qui émanait de l'inconnu. Elle la connaissait, mais ne parvenait pas à la nommer. La peur lui noyait le cerveau. Plus moyen de réfléchir, de se souvenir...

C'est une odeur de dingue ? Les maniaques sentent comme ça ?

Elle clignait des yeux fébrilement, son cœur s'affolait, sa bouche était sèche comme un désert. Elle baissa son regard vers la main droite de l'homme. Il tenait un objet sombre, légèrement brillant.

Un taser, comprit-elle. *Ce salopard m'a carrément refilé une décharge !*

— Vous allez enfin me dire ce que vous foutez là ?

— Ça dépendra de toi, en fait.

— ... Écoutez. Un ami m'aide à réparer cette péniche, il sera bientôt là... Alors si j'étais vous...

— Ne te fatigue pas, va. J'ai étudié ton mode de vie. Ton copain ne viendra pas aujourd'hui. Les vendredis matin, il travaille.

Solveig sentit l'angoisse lui mordre les tripes. Elle recula en se traînant sur le parquet.

Le type s'approcha de la caisse à outils, puis s'accroupit. Il pivota de nouveau la tête vers Solveig. Pour l'observer d'un air froid.

— Pince, râpe, scie sauteuse, énonça-t-il d'un ton plat. L'embarras du choix.

Elle ravala un hurlement.

Il se redressa. Et sortit une paire de gants noirs de sa poche, les enfila.

Tu ne vas pas te laisser faire ! s'ordonna Solveig. *Tu n'es pas un pantin !*

Il enleva son trench, le plia soigneusement. Là-dessous, il portait un costume sombre, style croquemort.

Il se tourna légèrement pour poser son manteau sur un fauteuil.

C'est le moment ! s'encouragea-t-elle.

Elle se redressa d'un bond, tenta de fuir.

L'inconnu fit volte-face à une vitesse de félin. Solveig fonça. La main gantée se resserra en étau sur son poignet. Ensuite, d'un seul mouvement coulé, l'homme l'enlaça et la plaqua contre lui.

Tandis que son visage se pressait contre sa poitrine, Solveig reconnut l'odeur qui s'en échappait.

Celle du baume du tigre.

La terreur mêla ses effluves à ceux du camphre, et lui fit perdre conscience.

Chapitre 2

Quatre jours plus tard
Lundi 5 février
Paris

Gabriella émergea du métro Voltaire et fonça en direction de la place Léon Blum, puis de l'avenue Ledru-Rollin en courbant un peu les épaules. La pluie jouait du xylophone sur son blouson de cuir.

Bientôt, elle franchit la porte de la Sainte-Scolasse avec un grand sourire. Sa bonne humeur était simplement à mettre sur le compte de sa nuit passée, elle avait dormi comme une souche de baobab. Son idée de changer d'hôtel était la bonne. Le précédent donnait l'impression d'avoir des murs en papier calque.

Les deux patronnes du café-restaurant l'accueillirent d'une façon contrastée. Julie, occupée à percoler comme une bête, lui fit son plus beau sourire. Juliette, en train de débarrasser une table de quatre, lui balança une sorte de grimace ; avec ses courts cheveux blonds et son pull marin à rayures, elle avait l'air d'une Jean Seberg légèrement en surpoids mais carrément de mauvais poil.

Qu'est-ce qu'il lui arrive ? se demanda Gabriella. Ça ne l'empêcha pas d'aller s'installer à sa table habituelle et de faire un clin d'œil à David Bowie. Les filles avaient conservé une partie de la déco du vieux Gérard, l'ancien proprio. Le grand poster du génial créateur de *Ziggy Stardust* subsistait, au même titre que la recette du pied de porc ou la vue sur la mairie de Sainte-Scolasse-sur-Sarthe.

En parlant de déco, il y avait du nouveau. Quelqu'un avait eu l'idée bizarre d'installer une sorte d'autel sous la photo de la mairie. S'y alignaient des têtes de mort bariolées, typiques du Día de Muertos.

Julie arriva avec une grande tasse de café fumant et la déposa devant Gabriella.

— Tartine ou croissant, aujourd'hui ?

— Rien, merci. Dis-moi… Quel rapport entre le Jour des Morts mexicain et le 11ème arrondissement de Paris ?

— Bah, je ne sais pas trop. C'est une initiative de Vlad.

— Les Roumains s'intéressent au Mexique, maintenant ?

— Faut croire.

— Il est où ?

— Parti promener Léon.

— Sous la pluie ?

— Léon se fait vieux. Quand ça presse, ça presse.

Gabriella nota que Julie souriait toujours, mais que ça ne concernait que ses lèvres. Son regard n'était pas plus gai que celui des crânes qui plaisait tant à l'aide-cuistot. Ce matin, elle n'était pas maquillée et ses longs cheveux roux avaient été réunis à la va-vite dans une sorte de queue-de-cheval mal fichue. Elle portait le même T-shirt que la veille. Naruto faisait le crétin entre ses deux seins.

— Dis-moi, Gabriella… commença Julie.

— Oui ?

— T'aurais un moment à m'accorder ? Juliette va aller faire les courses et…

— Et ?

— On sera plus tranquilles pour parler, toi et moi.

— … Mm… OK.

De nouveaux clients arrivaient. Juliette retourna s'occuper de son percolateur. *C'est bien la première fois que Julie veut une discussion « tranquille » à l'abri des oreilles de sa chérie*, se dit Gabriella, songeuse. Mais tout arrivait.

À ce propos, Vlad faisait son entrée, flanqué de Léon IV.

Il y avait quelques traditions à la Sainte-Scolasse, dont celle-ci : le lieu devait être protégé par un fier et fidèle berger allemand. Et le dernier des Léon assurait le job avec pas mal de style malgré les années qui commençaient à s'accumuler.

L'homme et la bête vinrent saluer Gabriella. La pluie avait dopé l'odeur de l'animal.

— Tu pues, Léon IV, dit-elle. Mais je t'aime quand même.

— Et moi, je pue ? demanda Vlad sans se départir de son air ombrageux.

— Moins. Et je t'aime aussi.

— C'est réciproque, articula le grand Roumain avec son accent à casser les noix. Bon, je repars en cuisine, j'ai des trucs à éplucher.

— Euh, dis-moi, juste par curiosité. Pourquoi ces têtes de mort ?

— La pluie, tout ça.

Gabriella en déduisit qu'il se soignait en regardant la mort en face. La mort en couleurs.

— Faut vraiment que j'aille éplucher les *daïkons* et les autres légumes, reprit-il.

— Les daïs cons, c'est quoi, ça ?

— Des navets géants. Et allongés. On dirait des obus.

— Ah.

— On va faire du pot-au-feu franco-japonais, Juliette et moi.

— Le nouveau plat du jour ?

— Oui. Une idée des patronnes.

Gabriella était assez admirative. Le duo proposait une nouveauté chaque mois. Et les filles se décarcassaient pour trouver une proposition franchement originale. Ça n'avait pas échappé aux gourmets. Avertis par le bouche-à-oreille, les amateurs rappliquaient en masse à l'heure du déjeuner.

— Qu'est-ce qu'il y a dedans à part ces navets maous ?

— Des œufs durs, des champignons, des boulettes de poisson...

— On est loin du pied de porc à la mode des anciens proprios, dis-moi, mais c'est tentant.

Gabriella sirota une gorgée de café, puis alluma son ordinateur et se connecta sur son blog. Elle l'avait baptisé « Ecoiwia », en référence à la merveilleuse cabane créée par la famille Warusha dans la province du Pastaza, en Équateur. Elle ne regrettait pas son choix. Il lui rappelait au quotidien la promesse qu'elle s'était faite. Un jour, lorsqu'elle aurait suffisamment d'économies, elle possèderait sa propre cabane au cœur de la forêt amazonienne. Elle y accèderait grâce à des ponts suspendus entre les arbres, et vivrait dans la beauté de la nature, loin du monde connecté. Le rêve se construisait doucement. Pour le moment, à vingt-trois ans seulement, elle était déjà propriétaire d'une concession…

Mais assez rêvé, elle avait du travail. Dans un premier temps, elle lirait la presse en ligne, ensuite elle se consacrerait à sa chronique. Le nombre de ses abonnés était en augmentation ces derniers temps, pas question de les décevoir. En plus du mystérieux donateur qui soutenait Ecoiwia avec régularité, c'étaient eux qui la faisaient vivre. Et qui lui donnaient l'envie et la force de continuer à batailler avec ses mots, vaille que vaille.

Cette fois, son sujet était cette autoroute inutile en construction entre Toulouse et Castres. Une véritable menace pour le climat, qui ne ferait qu'augmenter l'artificialisation des sols et les émanations de CO2. Une décision anachronique.

Une demi-heure plus tard, Gabriella avait fini sa lecture des news et peaufinait son billet d'humeur, lorsque Julie revint à l'abordage avec son air déterminé. À quoi ? C'était la question.

La jeune femme s'assit en face d'elle et l'observa un instant en se tordant les mains.

— Tu craches le morceau ou on y passe la matinée ? lui balança Gabriella avec un petit sourire en coin.

— Je suis inquiète, répliqua Julie en sortant son téléphone portable de la poche de son jean.

Elle fit démarrer une vidéo et tendit le smartphone à Gabriella. Sur l'écran apparut une très jolie fille aux yeux bleu glacier et aux épais cheveux bruns. Maquillée comme un camion volé, elle faisait le derviche tourneur devant un chantier barré par une palissade. Au-delà, des ouvriers casqués et en gilets fluo l'observaient d'un air amusé. La fille arrêta de gigoter pour vanter les vêtements qu'elle portait. Une longue robe moulante vert sapin à rayures qui mettait sa poitrine atomique en valeur et un sac à main à motif camouflage militaire.

Gabriella hocha la tête et rendit son téléphone à Julie.

— Tu t'intéresses à la mode, maintenant ? Première nouvelle.

— Non, je m'intéresse à Solveig. Je ne l'ai pas rencontrée à un défilé, mais à un concert. Il faut que je te dise tout de suite que Juliette n'est pas au courant.

— Tu couches avec cette fille ?

— Une histoire d'un soir. On était bourrées. Mais bon, en dehors de ça, je l'aime bien, Solveig. Et je ne suis pas rassurée à son sujet.

Julie expliqua que cette fille, qui devait avoir dans les vingt-cinq ans, était influenceuse dans le domaine de la mode et des cosmétiques. Elle réalisait des vidéos vantant les vêtements et les produits que les marques lui confiaient. Problème : sa dernière création n'était pas en ligne. Or, Solveig était une bosseuse sérieuse, qui produisait du contenu avec une régularité impressionnante.

— Elle est peut-être partie en vacances à Ibiza ou à Dubaï, ta copine, suggéra Gabriella en essayant de garder son sérieux.

— Habituellement, on s'envoie des textos. Là, j'ai plus de nouvelles.

— Depuis quand ?

— Quatre jours.

— C'est pas si long que ça. Tu es passée chez elle ?

— Non.

— Pourquoi ?

— Parce que si j'y vais, je risque de craquer. Je ne peux pas faire ça à Juliette. On est pacsées, c'est pas pour des prunes. Et puis, ça n'aurait aucun sens. Solveig n'est pas franchement lesbienne. En fait, elle a des problèmes. Elle se cherche.

— Quels problèmes ?

— Je ne sais pas. Mais c'est un truc que je sens.

Gabriella observa la jolie bouille contrariée de Julie. Il fallait admettre qu'elle n'était pas du genre à se faire des nœuds au cerveau pour rien.

En plus, elle est toujours là quand j'ai un coup de blues.

— Bon. Tu me files son adresse ?

— C'est à Pantin, répondit Julie en faisant glisser un papier annoté dans sa direction.

Gabriella l'empocha. Quelques secondes plus tard, Julie tourna la tête vers la porte d'entrée. Gabriella l'imita. Juliette, de retour du marché avec son roller rempli à ras bord, affichait la même expression maussade que tout à l'heure.

— Ça ne gaze pas entre vous en ce moment ?

— Non, il n'y a rien de spécial. J'imagine que c'est à cause de la pluie, répondit Julie. Ça mâche le moral.

Gabriella se dit qu'avec l'été horriblement aride que le pays avait connu, un peu de flotte était une excellente nouvelle. Le ciel aurait même mérité que les citoyens de ce pays s'inspirent des Indiens Cherokee ou Hopi et lui organisent des danses de remerciement, mais l'humeur n'y étant pas elle décida de garder cette réflexion pour elle.

Chapitre 3

J'arrête de me monter le cerveau en mayonnaise, décida Kazuo Lambert.

Regrettant ses actions, il était à deux doigts de se dégoûter, pourtant, ressasser ne le mènerait nulle part.

Autant s'entraîner et vivre à fond le moment présent. D'autant que ce matin, il avait le dojo pour lui seul.

Le cours commencerait dans une demi-heure. Cette fois, il serait un peu charitable avec lui-même, son corps rechignait, encore meurtri par la récente baston lors de la réunion politique dans un café privatisé. Kazuo avait été confronté à deux balourds armés de matraques, des opposants très remontés contre son employeur. Il les avait maîtrisés, mais non sans mal.

La douleur ne le dérangeait pas, elle le faisait se

sentir vivant. Mais pas question de forcer et de risquer le claquage. En attendant l'arrivée du *sensei* et des autres élèves, il répéterait le plus long des katas du style shotokan. Cinquante-huit mouvements. Une minute et trente-cinq secondes de pure technique et de beauté.

Il salua son adversaire imaginaire, se mit en position et annonça le nom du kata :

– *Kaku dai !*

Étendant ses bras à hauteur de son nombril, il forma un triangle avec ses mains. Puis il les leva jusqu'à son front, lentement, sans quitter le triangle des yeux. Vite, il abaissa le menton et écarta les bras, coudes au niveau des épaules, avant-bras perpendiculaires au sol. Étendant de nouveau les bras, il décrivit un grand arc de cercle avec le plus de grâce possible. Il percuta le centre de sa paume gauche avec le tranchant de sa main droite.

À partir de là, ce fut comme s'il évoluait dans une autre dimension. Une dimension dépourvue de laideur et de stupidité.

Un tintamarre brisa sa concentration.

Son smartphone sonnait et vibrait sur le parquet flottant du dojo.

Ce foutu bidule qu'on lui interdisait de mettre sur silence.

Kazuo ravala un juron. Quelqu'un avait fait *pop* dans son esprit tel un mauvais génie jaillissant d'une lampe.

Son boss. Il savait pourtant que cet entraînement était sacré pour lui.

Kazuo répondit. Cette voix reconnaissable entre

mille, redoutablement séduisante et qui faisait une grande partie du succès de son propriétaire, il aurait préféré ne plus jamais l'entendre.

Son patron lui ordonna de le retrouver devant le siège d'une station de radio, dans le 14ème arrondissement.

Kazuo annonça qu'il arrivait, puis fila dans les vestiaires et se rhabilla sans prendre de douche.

Il avait horreur de ça. Son costume schlinguerait, il faudrait le donner au pressing.

Il récupéra sa moto garée dans la rue et se fondit dans le trafic.

En route, il se fit l'effet d'être un robot.

Heureusement que ses muscles douloureux le rappelaient à sa condition d'être humain, sinon il perdrait pied. Son employeur lui volait ses seuls instants de liberté. C'était la deuxième fois en quinze jours qu'il lui sabotait son cours de karaté.

Kazuo n'avait plus qu'une envie : trouver un autre job. Mais il ne voyait pas qui pourrait le recruter. Retourner faire le porte-flingue pour un gang des Quartiers Nord ou de la Castellane était hors de question. Ces types étaient des allumés. Quelques années auparavant, les chefs raisonnaient à long terme. La nouvelle génération était lancée dans une impitoyable guerre de territoire et les victimes s'accumulaient de manière insensée.

En tout cas, la situation à Paris devenait presque aussi insupportable qu'elle l'avait été à Marseille.

Le boss était loin d'avoir les couilles d'un gros dealer, sinon il n'aurait pas eu besoin d'un garde du corps pour le protéger de ses détracteurs, mais il n'était pas plus fiable.

Kazuo avait commis une grave erreur. Ayant mal évalué la situation, il s'était « mangé le mur ». Salement. En réaction, au lieu de le licencier avec un paquet de fric et l'ordre d'aller se faire oublier ailleurs, son boss lui avait dit : « Mon petit Kazuo, ce sont les aléas du métier. »

Qu'est-ce qu'il y connaissait aux aléas du métier ? Lui qui passait son temps à jacasser. Sans se salir les mains.

Il s'imaginait peut-être qu'avoir franchi une limite les liait l'un à l'autre. Il ne l'avait pas menacé explicitement. Dans le genre : « Un seul mot, Kazuo, et je te dénonce. » Ça aurait été crétin, si les faits étaient révélés, ils prendraient cher tous les deux. Pour autant, méfiance, ces derniers temps, le patron partait en vrille.

L'explication de ce comportement était apparue hier à Kazuo, juste après « la bavure ». Ça avait été le *satori* comme disent les Japonais. En français, on parlait d'épiphanie.

Le boss ne se sentait plus. Croyant qu'il avait enfin décroché le gros lot et était devenu un conseiller irremplaçable, il planait au-dessus de la réalité. Très haut.

Des gens trop confiants dans leurs capacités à évoluer en milieu hostile, Kazuo en avait croisé pas mal dans sa vie.

Pour beaucoup, ça s'était très mal terminé.

Je dois me tirer de là, se jura-t-il. *Et vite*.

***

Pantin

Environ deux heures après sa discussion avec Julie, Gabriella avait pris le métro pour descendre à la station Église de Pantin. Se présentant à l'adresse indiquée, elle avait été accueillie par un couple sympathique, dans la vingtaine. Noémie, une brunette booktokeuse spécialisée dans la romance, et Laurent, un barbu blond vendeur dans un magasin de bricolage, étaient les colocataires de Solveig. Ils se partageaient un espace de vie et de travail d'une quarantaine de mètres carrés, constitué d'une pièce commune avec kitchenette, d'une mini salle de bains et d'une chambre. Celle-ci était réservée au duo. Solveig dormait dans la pièce principale, derrière un paravent.

Il y avait aussi une vitrine : elle servait à ranger des vélos et un scooter rose bonbon.

Le couple avait accepté de faire visiter les lieux à Gabriella. Solveig possédait un simple matelas, posé à même le sol, et un portant à vêtements bien garni. Noémie et Laurent venaient d'expliquer que les marques offraient souvent des modèles à la jeune influenceuse. Une table de maquillage était couverte de produits cosmétiques, un fauteuil abritait une tribu de sacs à main. L'ensemble était rangé avec soin.

D'après Noémie, Solveig avait dormi sur place jeudi soir, mais elle ne l'avait pas revue depuis.

— Ça ne vous a pas inquiétée ?

— Non, elle a l'habitude de découcher.

— Elle a quelqu'un dans sa vie ?

— Personne sur une base régulière, je crois.

— Ah bon ?

— À vrai dire, je n'en sais trop rien. Pour ce qui est de sa vie sentimentale, elle est plutôt discrète.

Gabriella suivit ses hôtes dans la grande pièce équipée de trois bureaux et de matériels divers dédiés au tournage des vidéos respectives des deux influenceuses.

À son arrivée, elle s'était présentée comme « l'amie d'une amie » de Solveig. Cette déclaration floue n'avait pas refroidi les tourtereaux. Eux aussi se questionnaient au sujet de leur copine. Laurent était le plus étonné. Normalement, Solveig aurait dû le contacter pour qu'ils se retrouvent sur *La Vénusienne*, la péniche dont elle avait fait récemment l'acquisition. Il l'aidait à la retaper. Sans nouvelles depuis jeudi dernier et leur dernière séance de bricolage, il supposait qu'elle avait récupéré une commande d'un annonceur et changé ses plans.

— L'amie qui m'envoie s'inquiète parce que Solveig n'a pas mis de vidéo en ligne récemment.

— Ah bon ? réagit Noémie. (Elle vérifia sur son smartphone.) Mais oui, c'est vrai. Solveig n'a rien posté depuis plus d'une semaine… Ça ne lui ressemble pas. Et c'est même dangereux…

— Comment ça ?

— Pour ses finances. Une influenceuse qui ne publie pas de contenu ne gagne rien. Ce qui compte, c'est la régularité. Solveig le sait. Elle bosse comme une malade. Comme moi, en fait. Quand je ne lis pas des pavés à toute allure, je sillonne Paris à scooter d'un événement romance à un autre. Certains jours, on frise le burn-out.

Gabriella se massa la base du nez et réfléchit. Quelque chose clochait. Finalement, Julie avait peut-être raison de s'inquiéter au sujet du silence de Solveig.

Elle s'avança vers la baie vitrée donnant sur le quai et observa un instant le paysage. L'eau rasait le canal de l'Ourcq, à quelques pas de là. Sur la rive opposée, il n'y avait aucune habitation, mais un alignement d'entrepôts. *Facile de se noyer sans que personne s'en aperçoive*, jugea-t-elle. Puis elle s'en voulut de laisser son imagination partir en vrille.

Elle questionna les colocataires de Solveig au sujet de son état mental.

— Un temps, elle était mal dans sa peau, dit Laurent sans hésiter. Il n'y avait guère que quand on bricolait qu'elle se détendait. Mais depuis un moment, j'ai l'impression qu'elle n'est plus si stressée que ça.

— Elle avait des raisons de l'être ?

— Ses vidéos de fashion ont très bien marché au début, commenta Noémie. Ces derniers mois, c'est moyen.

— C'est-à-dire ?

— Les annonceurs ne se bousculent pas. Et ça a baissé en qualité. Elle fait la promo de produits un cran en dessous de ceux qu'elle vantait à ses débuts.

— ... Pardon de vous demander ça, mais... elle vous a paru suicidaire ?

— Ah, sûrement pas ! réagit Laurent. Solveig a un projet. Elle compte habiter sa péniche, et veut aussi en faire une salle de concerts. Je ne sais pas si elle abandonnera le monde de la mode, mais ça lui est passé par l'esprit. C'est certain.

— Elle se trouve où, cette péniche ?

— À trois cents mètres d'ici. Amarrée au canal. Mais j'y suis passé ce matin. La passerelle était cadenassée. Solveig n'était donc pas là.

— La porte de la péniche était fermée ?

— Ça, je ne sais pas. On y accède par un escalier depuis le pont.

— Vous n'auriez pas un double des clés par hasard ?

— Non, désolé.

Gabriella envisageait d'aller malgré tout rôder près de cette embarcation lorsqu'une nouvelle venue déboula dans le décor. La soixantaine boulotte, elle avait les cheveux teints en noir corbeau, le nez épaté et de grosses joues à l'allure flasque. Noémie annonça qu'il s'agissait de sa mère, Monique, laquelle assurait sa comptabilité et celle de Solveig.

Il ne fallait pas se fier à son apparence, cette femme avait la poignée de main énergique et l'œil vif. Sa fille lui détailla les raisons de la présence de Gabriella.

Monique fila vers l'un des bureaux avec une souplesse insoupçonnée et ouvrit le premier tiroir.

Elle rebroussa chemin en compagnie d'un air concerné.

— L'ordinateur et la tablette de Solveig ne sont plus là.

— Elle n'a pas l'habitude de les emporter avec elle ? demanda Gabriella.

— Non. Quand elle se filme en extérieur, c'est avec son smartphone.

Monique ausculta vite fait la serrure de la porte d'entrée et déclara à la cantonade qu'elle était intacte. Le fait qu'il n'y avait pas eu d'infraction parut la soulager. Après quoi, cette enquête-minute semblant l'avoir exténuée, elle s'affala sur le canapé. Elle allongea les jambes, croisa les bras, puis fixa son regard sur une affiche reproduisant la couverture d'un roman. S'y pavanait un beau gosse au torse nu extrêmement musclé. Son expression réussissait à être aussi lascive que menaçante.

— Bah, après tout, elle a peut-être changé ses habitudes... marmonna la comptable comme pour elle-même et sans quitter l'inquiétant Don Juan des yeux.

— Vous croyez ?

— Depuis son chagrin d'amour, Solveig est chamboulée. À mon avis, il ne faut pas chercher plus loin.

— Ça me paraît un peu... commença Gabriella.

— Cette petite se cherche, s'agaça Monique. (Délaissant l'affiche son regard se riva dans celui de Gabriella.) Ça lui prend du temps, rien d'anormal à ça. Et puis les affaires sont moins juteuses. Bref, sa vie est dure en ce moment.

« Cette petite se cherche. » Gabriella était en train de se dire que Julie avait produit le même genre d'analyse au sujet de Solveig, pour autant, elle ne se sentait pas aussi optimiste que Monique. Son instinct lui murmurait décidément des choses alarmantes. L'influenceuse semblait du genre méticuleux et ordonné. Ce type de personne changeait rarement de « mode opératoire ». Le détail du matériel disparu était flippant.

— Vous parlez de chagrin d'amour, dit-elle. Vous pouvez préciser ?

— Non. Solveig m'accorde sa confiance, mais j'ai pour principe de ne jamais poser de questions indiscrètes. Si elle avait jugé utile de me révéler le nom de l'homme dont elle était raide dingue, elle l'aurait fait. Excusez-moi, mais... vous dites être une amie d'une amie de Solveig. C'est ça ? (Gabriella hocha la tête.) Je ne suis pas certaine que ça vous donne le droit de vous mêler de sa vie. Et des nôtres par la même occasion.

— Pourquoi ? Vous avez quelque chose à cacher ?

Monique laissa passer quelques secondes avant de contrer cette réponse balancée du tac au tac.

— Je vais vous demander de partir, mademoiselle. Nous avons du travail, voyez-vous ?

Gabriella se tourna vers Noémie et Laurent. L'attitude et surtout le ton de leur aînée les déconcertaient. Dans le même temps, ils pouvaient penser qu'elle n'avait pas tout à fait tort.

Bref, il était temps de lever le camp.

Gabriella gratifia leur trio d'une courbette et d'un sourire, puis quitta les lieux sans se fatiguer à bricoler une réplique.

Chapitre 4

La Vénusienne se frottait à la même rive que celle sur laquelle Solveig et ses copains avaient élu domicile. Il suffisait de remonter le quai en direction des Grands Moulins, l'ancienne minoterie reconvertie en bureaux, dont la silhouette massive marquait l'horizon.

La péniche fut vite en vue. Un pâle rayon de soleil troua la grisaille du ciel et fit briller sa masse noire, à l'aspect laqué. Apparemment, l'influenceuse et son camarade bricoleur s'y connaissaient en rénovation.

Au-delà, à environ cinq cents mètres, un petit pont métallique vert clair liait les deux rives. Celle-ci se gentrifiait à vue d'œil, tandis que l'autre restait le fief de fabriques et d'entrepôts. L'un d'eux arborait une vaste fresque en noir et blanc, représentant la partie supérieure d'un visage féminin, au regard affectueux. La toiture de ce bâtiment de briques lui faisait office de coiffure, sa large porte métallique de bouche.

Gabriella entendit des cris joyeux d'enfants. Elle dépassa la péniche pour découvrir un square. S'y trouvait une quinzaine d'adultes et de gamins. Il fallait espérer qu'aucun ne viendrait se balader aux alentours de la péniche.

Elle revint sur ses pas, scruta les environs, notamment les balcons des immeubles environnants. Rien à signaler.

Elle laissa passer quelques quidams, un cycliste, puis s'avança vers la passerelle reliant le quai à la péniche. Un vantail cadenassé barrait le passage. Gabriella l'enjamba et se faufila jusque sur le pont, désert. Comme annoncé par Laurent, un escalier menait à la cale. Sonnant à la porte pour faire bonne mesure, elle ne fut pas étonnée de ne provoquer aucune réaction.

Son sac en bandoulière contenait tout le matériel nécessaire à une infraction de domicile, dont une vieille radio empruntée au Poulpe après l'examen de sa hanche abimée par l'arthrose.

À ce moment précis, travaillée par un mauvais pressentiment, elle aurait apprécié que son père spirituel lui prête main-forte. Il aurait surveillé le quai pendant qu'elle fouillait la péniche. Ou vice versa. Mais c'était peine perdue. Lors de son dernier appel à la rescousse, il lui avait balancé que « toutes ces péripéties » n'étaient plus de son âge, et il avait ajouté : « Vu ton talent pour la castagne, tu n'as pas besoin d'un croulant dans mon genre dans les pattes ».

Bon, je me débrouillerai sans toi, Gabriel Lecouvreur.

Elle enfila des gants en vinyle, saisit la radio, puis la glissa au niveau de la serrure entre le chambranle et le battant. Elle la fit aller et venir. *Bingo*. La porte s'ouvrit.

Gabriella eut un mouvement de recul instinctif. Une odeur bien connue lui avait sauté aux narines.

Mon instinct est un compteur Geiger. C'est chouette, et fatigant...

Cette pestilence déplia une image du passé dans son esprit. Celle du cadavre du narcos tatoué jusque sur la figure qui avait pris cher dans la prison de San Pedro. Un membre de la bande pour laquelle elle avait travaillé entre ses treize et ses seize ans. Et une victime de la guerre des gangs. Quand elle l'avait découvert, la chaleur avait déjà fait de lui une énorme et sinistre charogne boursouflée. Il n'y avait aucun gardien à San Pedro. Les détenus « géraient » eux-mêmes la plus grande institution pénitentiaire de la Bolivie avec l'argent de la drogue et de la prostitution. Bref, quelqu'un avait décidé que de ne pas envoyer immédiatement le corps à la morgue était un message efficace à la partie adverse.

Gabriella hésita.

Deux solutions. Elle tournait les talons, repassait chez les colocs de l'influenceuse leur annoncer qu'ils pouvaient contacter les flics et, dans la foulée, elle allait prévenir Julie. Ou elle pénétrait dans le ventre de cette fichue péniche pour en avoir le cœur net.

Gabriella pensa à son autre père. Pedro. L'homme qui l'avait adoptée avant de la confier par la suite à son grand pote, Gabriel Lecouvreur. Son vrai prénom restait un mystère, comme la raison pour laquelle il s'était choisi le même blaze que celui de la prison. En tout cas, cet imprimeur catalan retraité avait été son professeur bénévole à l'école de fortune de cette gigantesque tôle de mille cinq cents détenus dans laquelle elle était née et avait grandi.

Pedro avait quelques principes. Celui-ci, par exemple : « Si tu as commencé quelque chose, ne te décourage pas au bout de cinq minutes ». Un conseil simple et de bon goût.

Évidemment, le risque d'une mauvaise rencontre existait. Pour une raison ou une autre, un cinglé pouvait être tapi là-dedans.

Gabriella remit la radio en place, puis l'échangea contre son couteau de para.

Elle poussa doucement la porte et se glissa dans la péniche plongée dans l'obscurité. L'odeur monta aussitôt en puissance.

Elle écouta, ne perçut aucun son inquiétant et utilisa la fonction « lampe » de son smartphone. La maigre colonne lumineuse balaya un espace encombré de planches, de tréteaux, de pots de peinture. L'orientant différemment, elle découvrit un bar. Il était bordé par un miroir, lequel refléta le faisceau lumineux. Une enceinte Bluetooth était posée sur le zinc.

Elle avança de quelques pas, puis éclaira le dernier endroit inexploré. Apparut une petite scène. Gabriella se souvint de ce que Laurent lui avait appris : Solveig comptait transformer sa péniche en salle de concerts.

Elle avança prudemment, contourna le podium sur la droite. Et se figea.

Vêtue d'une doudoune orange, une femme à la chevelure brune ramassée dans un chignon était assise sur une chaise.

Ou plutôt *attachée* à une chaise. Des Serflex enserraient ses poignets et ses chevilles.

Sa tête penchait vers l'avant. À ses pieds, chaussés de bottines à très hauts talons, une série de traces brunâtres.

Du sang séché.

Une boîte à outils ouverte se trouvait à proximité. Des outils avaient été éparpillés. Un tournevis, un marteau, une scie circulaire... *Est-ce qu'elle a été torturée avec ça ?* se demanda Gabriella avec effroi.

L'odeur émanant du corps sans vie était atroce.

Veillant à ne rien bousculer, elle recula lentement, puis réfléchit et revint sur ses pas. Tout aussi prudemment.

Elle prit quelques photos de la scène de crime. Au cas où.

Une fois de retour à l'air libre, elle alla s'agripper au bastingage. L'eau du canal miroitait doucement dans la lumière blanche de l'hiver. Des oiseaux chantaient. Le vent rapportait des voix humaines. Des voix normales, sereines.

La scène qui s'attardait sur les rétines de Gabriella, elle, n'avait strictement rien à voir avec la sérénité ou la normalité. C'était l'œuvre de quelqu'un de profondément dérangé. Ou d'un tueur professionnel sans état d'âme.

Et, dans ce cas, qu'avait bien pu faire cette pauvre fille pour mériter pareil traitement ?

***

Paris

Installée dans un deux-pièces crapoteux, la station de radio était tenue par un type qui se lavait les cheveux à la margarine et cachait son bide de buveur de bibine sous une chemise hawaïenne.

Le boss s'en foutait. Quelle que soit l'envergure du journaliste lui tendant son micro, une invitation ne se refusait pas. Tout était bon pour que ses idées contaminent le plus grand nombre. Ce genre de taudis comme les plateaux des stations et chaînes ayant pignon sur rue. Dans le fond, c'était presque une forme de courage. Il était de la race des missionnaires. D'ailleurs, ça lui allait bien au teint, il s'épanchait au sujet de sa foi dans le catholicisme à la moindre occasion. En tout cas, personne ne lui reprocherait de ne pas être passionné.

Depuis trente longues minutes, Kazuo l'écoutait déblatérer sous l'œil admiratif de son intervieweur. Il tenait la grande forme.

Le Covid n'était plus trop à la mode. N'empêche, le sujet était trop croustillant pour être abandonné, et le boss en avait remis une couche. En rappelant « de rester vigilant ». La duplicité de « la Big Pharma » était « un puits sans fond ». Ces labos mastodontes étaient « maqués avec les puissants ». Sous prétexte de vouloir protéger la population de la pandémie, « cette cohorte de malfaisants avait permis qu'on injecte des puces-espionnes dans l'organisme des gens vaccinés. »

Son dada favori restait la lutte contre la mystérieuse élite qui « conspirait à l'échelle planétaire pour imposer un régime dictatorial à l'humanité ». Ils étaient partout. Pour tricoter leur « cabale soft, mais redoutablement efficace ». Si efficace que les non-initiés ne les voyaient pas progresser dans l'ombre.

Kazuo aurait aimé pouvoir l'écouter d'une

oreille. Impossible. Le timbre de sa voix envoûtait. Et le patron était maître dans l'art de mélanger le vrai et le faux pour donner plus de corps à son discours. Ce qui obligeait à dresser l'oreille, quand on se souvenait de tel et tel événement, bien réel celui-là.

Au bout d'un moment, le boss mit la veilleuse sur ses fables.

Kazuo connaissait sa méthode par cœur. Il allait passer à la phase marketing.

Le boss ne bassinait pas le pauvre peuple pour le plaisir de l'entourloupe. Déjà parce qu'il croyait à presque tout ce qu'il racontait. Et aussi parce qu'il avait un agenda.

« Heureusement que certains politiciens refusent cette situation et prennent tous les risques pour dire la vérité et montrer le chemin », susurra-t-il à son intervieweur.

Pourvoyeur de fake news n'était pas sa seule occupation. Il était aussi un influenceur politique. Avec dans son écurie, comme il aimait à le dire, « un beau poulain » qui, comme lui, n'était pas franchement un partisan de la mesure.

Le moment était venu d'assurer la promotion de son « grand ami ».

Kazuo tenta de penser à autre chose. Il aurait pu attendre dehors que ça se termine. Mais son employeur exigeait qu'il reste à ses côtés. Jusqu'au bout et à chaque fois.

Il avait beau le traiter comme un larbin, il voulait son point de vue au sujet de ses interventions. « C'était comment ? » « Et le passage sur Bill

Gates, ça envoyait du lourd, hein ? Tu as aimé ? J'étais clair ? »

Que je sois son garde du corps et son homme à tout faire, même le pire, ne lui suffit pas. Il faut aussi que je fasse « audimètre ».

Cette situation durait depuis presque deux ans. Et certains jours, Kazuo avait l'impression d'être enchaîné à ce bonhomme depuis la nuit des temps.

Mais la paye était bonne.

C'était le seul point positif.

Kazuo vivait de façon spartiate et mettait de l'argent de côté. Son but était d'en amasser suffisamment pour découvrir le pays de sa mère. Le Japon. Et d'y refaire sa vie.

Afin d'échapper au show de son patron, il se projeta dans un Tokyo imaginaire. Celui qu'il avait exploré sur le Net, dans les jeux vidéo, les *anime* et les mangas.

Une ville qui ressemblait au paradis avec ses néons clignotants, ses enseignes pleines de kanjis mystérieux et son activité frénétique.

***

Gabriella avait réfléchi assez longuement, puis pris sa décision et appelé son ami Mathias à la BRI. Plutôt que l'Antigang, il aurait mieux valu prévenir le commissariat local ou la Criminelle, mais Mathias était le seul flic qu'elle connaissait personnellement. Et surtout le seul en qui elle avait confiance. Après lui avoir expliqué la situation, elle lui avait fait promettre de ne pas la mêler à tout ça. Elle le savait, il tiendrait parole.

Pour le moment, de retour à la Sainte-Scolasse et à la civilisation, Gabriella ne savait pas trop comment annoncer la mauvaise nouvelle à Julie. Elle opta pour un sobre résumé.

Julie, qui avait déjà une pâleur de rousse, devint livide. Elle porta ses mains à sa gorge, ses jambes faillirent lâcher sous elle. Gabriella la soutint et la fit s'asseoir.

Elle tourna la tête vers Juliette, qui servait les clients au comptoir avec le même air qu'elle arborait ce matin. Celui d'avoir avalé une enclume.

Apparemment, elle n'avait pas remarqué la réaction de Julie.

— Mais... pourquoi est-ce que t'as alerté la police... ? geignit celle-ci.

Gabriella leva un sourcil et réfléchit. *C'est quoi, cette question ?* Quand on découvrait un cadavre, généralement, on appelait plutôt les flics que l'Armée du Salut.

— Y a quelque chose que tu ne m'as pas dit, Julie.

— Mais non...

— Et du côté de Juliette, ça ne sent pas non plus les grandes confidences, si tu vois où je veux en venir.

Sur ce, elle croisa les bras et se consacra à la contemplation des têtes de morts mexicaines en attendant que ça veuille bien maturer dans la petite tête de sa copine. Il fallut tout de même une longue minute à celle-ci pour cracher le morceau.

Julie avoua qu'elle soupçonnait Juliette d'avoir « fait une bêtise ». Une façon mignonne de suggérer que sa compagne avait pu être au courant de la coucherie avec Solveig. Et si la jalousie l'avait projetée à Pantin ? Et si, arrivée sur place, elle avait disjoncté ?

Gabriella hocha la tête et leva la main en direction de l'intéressée. Juliette les rejoignit bientôt. D'un coup de menton, Gabriella l'invita à s'asseoir. Juliette resta debout à mouliner quelques pensées saumâtres, puis céda, et tira une chaise à elle.

Gabriella était fatiguée de causer. Qui plus est, de raconter la même histoire. Et elle avait toujours eu un penchant pour l'électrochoc. Une méthode qui garantissait le tri instantané.

Elle pianota sur son smartphone et le fit glisser sur la table vers Juliette. Celle-ci jeta un coup d'œil oblique à la photo du cadavre de Solveig qui s'affichait sur l'écran, puis manqua s'étouffer.

Julie lui saisit l'avant-bras et planta son regard dans le sien.

— Tu n'as rien à y voir, mon amour, hein !?

Juliette mit un petit moment à se remettre de ses émotions, puis avoua. Elle avait découvert que Julie la trompait avec la jeune influenceuse en fouillant son téléphone portable. Jeudi dernier, bien décidée à casser la figure à cette fille, elle n'avait pas eu trop de mal à la localiser, grâce à sa présence sur le Net. À Pantin, elle l'avait vue quitter son domicile avec un jeune barbu en salopette de bricolo pour se rendre sur une péniche. Elle avait patienté, mais le gars n'était pas redescendu du bateau. Solveig non plus. De retour le lendemain, en fin de journée, Juliette était montée en douce sur le pont. La porte était entrouverte, elle avait pénétré dans la péniche. Découvrant le corps de Solveig, elle avait pris peur. En nettoyant ses empreintes, elle avait fait claquer la porte derrière elle.

— Dis donc, quel sang-froid ! lui balança Gabriella.

— Je te jure que c'est pas moi ! Mais j'ai un mobile. Les flics l'auraient aimé tout de suite !

— J'admets, réagit Gabriella. Et tout ça a une conséquence. (Les filles l'interrogèrent du regard.) Je vais devoir enquêter. Pour te disculper en cas de pépin. Pas le choix.

— Je te revaudrai ça, Gabriella !

— Ah ouais ? Ce sera café et croissants gratuits toute l'année ?

— Oui, et même le plat du jour, si tu veux.

Gabriella sourit. Elle plaisantait. Vlad et Juliette se défendaient en cuisine, mais ne jouaient tout de même pas dans la cour des grands. Une année de plat du jour ne lui semblait pas si attractive que ça.

— Bon, j'y retourne.

— Où ça ? demanda Julie.

— À Pantin, tiens, pardi. Tu as une meilleure idée ?

— Non. Je ne connaissais pas bien ses habitudes.

— Ah ouais ? réagit Juliette.

— Dans le fond, je ne savais à peu près rien de Solveig. La première et *seule* fois, on est allées à l'hôtel.

Elle se pencha vers sa chérie, colla sa bouche contre son cou et lui murmura de lui pardonner. Gabriella remit son blouson, récupéra son sac et laissa le couple de tourterelles roucouler.

Chapitre 5

Kazuo sortit du cinéma et remonta la rue des Écoles en direction du Jardin du Luxembourg. Après cette séance au Champo, il voulait déambuler au milieu des arbres, même s'ils étaient maigres et dénudés. Il devait se dégourdir les jambes et surtout se remettre. L'émotion lui nouait la gorge. Comme à chaque fois.

Il venait de revoir *Le Samouraï*. Pour la treizième fois.

Il le visionnait religieusement chaque année. Depuis ses treize ans, justement.

Treize et 13, il fallait espérer qu'un mauvais présage ne se cachait pas dans cette concordance de chiffres.

Ce film avait été une révélation.

En le découvrant, il avait su ce qu'il était. Quelqu'un doté d'un talent inné. Celui de se battre.

Il avait failli passer à côté de cette révélation. Le destin en avait décidé autrement. C'était sa mère, une grande cinéphile, qui l'avait entraîné dans ce cinéma quand ils vivaient à Marseille. Elle était fan de Delon. Du moins de son travail d'acteur. « Il est génial, c'est l'acteur absolu » disait-elle avec son joli accent. Pour le reste, elle ne l'aimait pas trop. Politiquement, il n'était pas de son bord.

Sa mère était spéciale. Dans les années 80 à Tokyo, membre d'un groupuscule, elle avait participé ardemment à des manifestations musclées contre l'aéroport de Narita inauguré en 1977.

Une militante anticapitaliste acharnée. Au point qu'il avait fallu qu'elle quitte son pays pour ne pas être arrêtée par la police.

Au début, Kazuo s'était méfié. Aller voir un vieux film habité par un acteur beau gosse, ce n'était pas son truc.

Mais il avait été subjugué.

Le samouraï occidental avait changé sa vie.

Aujourd'hui, une fois de plus, il était troublé. Retrouver le vrai monde après avoir passé du temps dans celui de Jean-Pierre Melville était difficile. Si seulement il existait un passage spatio-temporel permettant d'avoir accès à la réalité de ce film. D'y vivre. Pour toujours. Kazuo aurait voulu que sa personnalité et celle de Jo Costello, le tueur à gages follement classe, se fondent.

Mais c'était dans le monde réel qu'il devait déambuler.

Un monde qui devenait plus laid et plus absurde de jour en jour.

Son smartphone vibra dans la poche de sa veste de costume.

Il posa sa main sur la coque et perçut les vibrations à travers ses doigts.

Le boss l'appelait. C'était pourtant son jour de congé.

Il fallait qu'il réponde. Son patron avait besoin de lui. Depuis six mois, il était en mode affolement, excitation, tout en même temps. Après bien des tergiversations, son poulain avait pris sa décision. Et accepté de représenter son parti aux élections européennes. Avec son charisme, il avait ses chances. Kazuo entendait encore son boss bramer sa joie : « C'est le jackpot, Kazuo ! Quand il sera élu, on vivra dans une autre galaxie, toi et moi. Alors, surtout, ce n'est pas le moment de me lâcher ! »

Toi et moi ? Ça n'avait aucun sens. Kazuo ne se sentait pas la moindre affinité avec lui.

Il fit glisser son doigt sur l'écran et prit la communication.

***

Pantin

Le local était éclairé mais, avec un peu de chance, Noémie et Laurent seraient absents. Dans la vitrine, le scooter rose et le plus grand des vélos manquaient à l'appel.

Gabriella sonna. Celle qu'elle désirait interroger l'aperçut à travers la baie vitrée et refusa de lui répondre. Gabriella maintint son index sur la sonnette. Monique finit par lui ouvrir, la mine excédée.

Comme prévu, le jeune couple n'était pas dans la place. *La situation se présente assez bien*, jugea Gabriella.

Elle manipula son smartphone, puis colla l'une des photos du cadavre de Solveig sous le nez de la comptable.

Celle-ci fit des yeux en boules de loto, plaqua ses mains sur sa bouche et recula. Son derrière fut accueilli par le canapé. Gabriella alla percher le sien sur le bord d'un fauteuil.

Monique se mit à pleurer à gros sanglots.

J'y suis allée un peu fort, pensa Gabriella en se mordillant les lèvres. Mais elle sentait qu'avec cette femme, il fallait la jouer franco pour obtenir du résultat. En tout cas, cette considérable tristesse prouvait qu'elle aimait authentiquement Solveig.

Monique passa en phase « avalanche de questions ». Gabriella lui résuma ce qu'elle savait. Et lui précisa qu'elle avait prévenu la police.

— Mais dans ce cas, qu'est-ce que vous foutez là ?

Cette Monique avait oublié d'être idiote. Et même les émotions fortes ne lui givraient pas les synapses.

— J'essaie de comprendre.

— Mais encore ?

— Solveig a eu une passade avec une amie à moi. La compagne de cette amie ne l'a pas bien pris. Je ne veux pas que ça lui crée des ennuis...

— Quoi, elle pourrait être soupçonnée d'avoir... brutalisé Solveig ? Cette fille est une folle ou quoi ?!

Mieux valait éviter de préciser que Juliette était montée à bord de la péniche et avait découvert le corps. Monique risquait d'en tirer des conclusions hâtives. Gabriella botta en touche.

— Ça n'a pas l'air de vous étonner.

— Quoi donc ?
— Le fait que Solveig était…
— À voile et à vapeur ?
Gabriella n'aurait pas utilisé cette expression. Ça faisait un peu baby boomeuse, mais après tout, Monique était de cette génération-là.
— En tout cas, vous m'avez dit qu'elle avait eu un gros chagrin d'amour avec un homme.
— Je ne sais vraiment pas qui c'est. Je vous l'ai déjà dit. Alors pas la peine de me cuisiner !
— Admettons.
— Je ne vous permets pas de mettre mes déclarations en doute !
— Désolée. Bon, calmons-nous un peu.
— Je suis calme !
— Écoutez… Visiblement, Solveig se confiait à vous. Vous êtes forcément au courant des conflits qu'elle aurait pu avoir.
— Je ne vois pas. Elle avait plutôt bon caractère.
— Pas d'ennemi ?
— Non. Elle était cultivée, très ouverte d'esprit. Pas du style à se fritter avec des gens qui n'auraient pas partagé ses idées.
— Elle était embringuée dans un groupe politique, peut-être ?
— Oh non. Elle m'a dit un jour : « La politique, c'est devenu une mascarade. Il n'y a plus que des directeurs de com. Des types sans convictions, qui ne pensent qu'à leur carrière. »
À bout d'arguments, Gabriella poussa un soupir découragé. Monique et elle s'observèrent quelques secondes en silence.

— Remontrez-moi…

— OK.

Gabriella réactiva son smartphone et lui tendit. Cette fois, Monique prit le temps d'observer la photo. Elle rendit l'appareil à Gabriella, enfouit son visage entre ses mains et resta ainsi quelques instants

— Elle a été… torturée ? demanda-t-elle entre ses doigts.

— Il y avait des outils éparpillés près du corps.

— Ah.

— Elle a été violée ?

— Ça m'étonnerait, vu la position du corps. C'est pour ça que je pense à un conflit quelconque. Une histoire de dope ?

— Non, pas son genre. Du tout.

Monique releva la tête, s'enfonça dans le canapé et sembla se mettre à cogiter dur.

— La seule fois où je l'ai vue vraiment furax, c'est quand Mouthe a refusé de la prendre dans son écurie.

— Mouthe ?

— Alexis Mouthe, le patron d'InfluWorld, une agence d'influenceurs et le créateur des « Césars » de la profession, disons. Quelqu'un de dynamique. Solveig était franchement frustrée de son refus. Je crois qu'elle l'a relancé plusieurs fois.

— Pourquoi la refuser ?

— Justement, Solveig n'a jamais voulu me le dire. Mais il y avait un problème, c'est certain. Mouthe n'avait pourtant aucune raison logique de dire non. Ma fille fait partie de son écurie. Et elle n'est pas plus connue que Solveig l'était.

— Noémie aurait des infos ?

— Non. À l'époque, elle se posait les mêmes questions que moi. Solveig nous a fait le coup de la carpe. Elle se contentait de maudire Mouthe.

— Vous avez son numéro ?

— Bien sûr.

Monique lui communiqua et Gabriella appela aussitôt. Elle eut beau se présenter comme une journaliste désireuse d'interviewer Mouthe dès que possible, l'assistante lui annonça que son patron « n'avait pas un seul créneau de libre avant un mois ». Dépitée, elle raccrocha et croisa le regard ironique de Monique.

— Vous mentez comme une arracheuse de dents ou je me trompe ? lui lança celle-ci avec son petit ton énervant. Journaliste, quelle blague !

— Non, je tiens bel et bien un blog. Vérifiez par vous-même.

Gabriella ouvrit *Ecoiwia* sur son smartphone et lui montra sa dernière chronique.

— Bon, d'accord. *Admettons*.

Revancharde, Monique utilisait la même expression qu'elle tout à l'heure. Gabriella se massa les joues pour s'aider à cogiter. Pour le moment la priorité était de s'infiltrer chez ce Mouthe. Mais comment faire ?

La solution vint de Monique.

— Vous mesurez combien ?

— Euh, un mètre soixante-dix-neuf, pourquoi ?

— Franchement, je ne pense pas que Mouthe voie débarquer tous les jours dans son bureau des panthères comme vous. Avec votre cascade de boucles noires, vos yeux verts, votre peau caramel et votre ligne racée, vous devriez lui faire forte impression.

— Ce n'est pourtant pas une agence de mannequins.

— Mouthe a bâti une bonne partie de son business sur les apparences. Il peut se dire qu'une influenceuse aussi fatale que vous ferait bien dans son catalogue. Enfin, *fatale*, j'extrapole un peu. Il va falloir tout de même arranger deux ou trois bricoles. Vous êtes habillée comme un livreur Amazon. Venez par ici.

Gabriella, agacée, la suivit malgré tout derrière le paravent. Monique plissa les yeux, se tapota les lèvres avec le pouce, puis sélectionna une tenue sur le portant.

Gabriella n'aimait pas trop qu'on lui montre la marche à suivre, mais elle devait admettre que la mère de Noémie dégageait le genre d'assurance qui donnait confiance.

Vingt minutes plus tard, le miroir lui renvoya le reflet d'une grande brune moulée dans une robe décolletée et juchée sur des escarpins qui lui faisaient des jambes interminables. Monique lui avait conseillé des faux cils et un rouge à lèvres fuchsia. Elle ressemblait désormais à une Barbie sud-américaine.

— Ça le fait. Votre panthère intérieure est bel et bien là.

— Oui, mais je n'ai pas de seins.

Ça avait toujours été son complexe. À San Pedro, les gars s'étaient payé sa tête en la chahutant au sujet de « ses œufs au plat ». Un petit trauma indélébile.

— On s'en fout des seins, trancha Monique. Ce qui compte, c'est l'effet général.

Quarante minutes plus tard, Gabriella et son « effet général » patientaient dans la salle d'attente d'InfluWorld. Il était 17 h 45.

Marcher avec les godasses empruntées à Solveig tenait de la prouesse, elle avait pris le métro chaussée de ses fidèles Converse, puis remis les escarpins fatals une fois arrivée rue de la Convention, dans le 15ème arrondissement. Pour amadouer la standardiste, elle mit le paquet en matière d'accent bolivien. Une bonne dose d'exotisme ne pouvait qu'impressionner dans une agence avide de nouveautés permanentes.

Mouthe finit par pointer son nez dans le décor. Gabriella lui fit son numéro de grande fille décontractée. Les yeux du gars la scannèrent avec un faux air blasé très réussi. Quelques secondes plus tard, elle était dans son bureau.

Mouthe était un trentenaire mince, brun et barbu, doté d'un regard noisette plutôt agréable. Ils eurent une conversation normale et civilisée. Gabriella voulait jauger le gars afin de trouver la meilleure approche. Il s'avéra que le bonhomme était très malin. En tout cas, il avait l'air d'aimer sa plastique, son look et son accent. Elle avait pensé à plusieurs scénarios. Elle choisit celui qui lui sembla le plus adapté.

— Vous ne me trouverez nulle part sur le Net,

parce que je veux me lancer, dit-elle. En tout cas, j'ai un concept.

— Ah oui, très bien, je vous écoute.

Elle lui raconta son passé à San Pedro, ses expériences diverses au milieu d'une humanité retorse et endurcie, sa connaissance des meilleurs moyens de se défendre dans un combat de rue, même dans le cas d'une attaque au couteau. Le gars fut rapidement captivé.

— Mon idée, c'est l'influenceuse *badass*. Je veux conseiller les followeuses sur la meilleure manière de se défendre.

— L'influenceuse dure-à-cuire, je vois. Mais ça n'implique pas de détruire le portrait des prédateurs éventuels, tout de même... ?

— Non, non. Moi, je parie sur la dissuasion. Vous voulez une petite démonstration.

— Euh, ça dépend...

— Vous garderez vos dents, ne vous inquiétez pas. Vous voulez bien vous lever ?

Il quitta son fauteuil ergonomique et s'avança vers elle. Gabriella se leva, retroussa sa robe jusqu'au ras de sa culotte. Mouthe eut à peine le temps d'écarquiller les yeux qu'elle avait déjà tourné comme une toupie avant de lui balancer un coup de pied arrière de taekwondo. Lequel s'était arrêté à deux centimètres de son nez.

Elle replia sa jambe, remit sa robe en place et lui décocha un grand sourire fuchsia.

— Ah, je crois que je vois l'idée dit-il.

— Oui, oui, je me sens capable de faire de très belles vidéos. Mais être chez vous, ça m'encouragerait. Je crois que quelqu'un qui travaille tout seul dans son coin n'arrive à rien.

— Vrai. Bon, vous avez beaucoup de potentiel, mais je ne signe pas les gens comme ça. Vous n'avez vraiment rien à me montrer ? Des vidéos, je veux dire.

— J'en aurais une, ce soir. Je vais tourner chez un ami qui tient une salle d'arts martiaux. On peut se voir après. Pour un verre. Où vous voudrez.

Il l'observa en plissant les yeux. Sentant qu'elle l'avait ferré avec son concept autant qu'avec sa plastique augmentée par Monique, elle était optimiste.

Il lui donna une heure et un lieu. Un bar sud-américain assez branché qu'elle connaissait déjà.

Trois heures plus tard, à l'heure dite, Gabriella, redevenue elle-même, patientait dans ce bar du 20ème arrondissement où Mouthe devait la rejoindre.

Il entra, puis marqua le coup en la voyant dans son état naturel : jean, blouson, visage nu et air concerné.

— Vous n'arrêtez pas de me surprendre, dit-il en s'asseyant face à elle.

— Et j'ai bien l'intention de continuer, répliqua-t-elle en retrouvant son accent normal.

Le serveur venait de se matérialiser sans bruit à leurs côtés. Mouthe commanda un Laphroaig et Gabriella un cocktail au singani, son poison favori.

— La preuve que je suis vraiment bolivienne, précisa-t-elle à Mouthe en rendant la carte au serveur.

— Et pour le reste ?

— Je n'ai pas envie d'influencer qui que ce soit. À part vous.

— Ah.

— Disons que je voulais avoir votre attention.

— Vous l'avez. Mais...

— Solveig, ça vous dit quelque chose ?

— Mm, non. Ça devrait ?

Gabriella pianota sur son smartphone et lui montra l'une des vidéos de l'influenceuse.

— Ah oui. Elle. D'accord. Et alors ?

— Il paraît que vous n'avez pas voulu de Solveig dans votre écurie.

— OK. Et ça vous concerne parce que... ?

Gabriella lui montra plusieurs de ses photos prises sur la péniche. Mouthe releva la tête. Et resta sans voix. Avant qu'il ait eu le temps de réagir, le serveur leur apportait leurs boissons. Mouthe attendit qu'il ait tourné les talons.

Il se pencha vers Gabriella.

— C'est quoi cette horreur ? souffla-t-il entre ses dents. Un montage ?

— Non, la triste réalité.

— Elle est... morte ?

— Oui.

— C'est... épouvantable !

— Ça l'est.

— Mais ça n'a été annoncé nulle part. Sinon...

— Vous l'auriez su. Exact. J'imagine que ça ne va pas tarder.

— Mais... attendez... comment avez-vous eu ces photos ?

Gabriella lui parla du triangle amoureux que formaient ses deux copines et Solveig. De son implication dans l'histoire, laquelle implication s'était soldée par la découverte du corps de l'influenceuse. Elle conclut sur sa décision d'aider Juliette à ne pas se transformer en coupable idéale

— Vous agissez par grandeur d'âme, ironisa Mouthe. C'est beau.

— Parlez simplement d'amitié, ça suffira.

— J'ai du mal à y croire.

— Écoutez, vous avez refusé de prendre Solveig dans votre agence. Vous me dites pourquoi et je vous laisse tranquille. Promis.

— ... Vous êtes qui, à la fin ?

Elle accéda à son blog via son smartphone et lui tendit l'appareil. Mouthe scanna du regard la page de présentation.

— Qu'est-ce que l'écologie vient faire dans tout ça ?

— Rien. Mais maintenant vous savez qui je suis.

— Au lieu de jouer à l'enquêtrice amateure, appelez la police. Ce sera plus simple.

— Elle est prévenue. Ne vous inquiétez pas. Appelez-les, si vous voulez vérifier.

Elle lui tendait la carte de visite de Mathias avec le logo de la BRI. Mouthe l'observa un instant, puis décida de la photographier.

— Si tout ça vire à l'embrouille, je ne me gênerai pas.

— Pas de problème. Je n'ai rien à cacher.

Mouthe s'octroya une gorgée de whisky. Elle l'imita en attaquant son cocktail. Verdict : le barman avait eu la main trop légère sur le singani.

— Je pense que la police ne viendra pas vous voir, reprit-elle.

— Ben oui, aucune raison.

— Mais moi, votre décision de ne pas prendre Solveig chez InfluWorld, ça m'intéresse.

— …

— C'est si secret que ça ?

— Non.

— Alors ?

— Solveig a fréquenté un type avec qui je ne veux rien avoir à faire.

— Qui ça ?

— Junio89. Il est visé dans le cadre d'un dépôt de plainte pour escroquerie en bande organisée et abus de confiance. Ce mec est désormais estampillé « influvoleur ».

Mouthe se tut et savoura une nouvelle gorgée de son truc tourbé.

Gabriella chercha Junio89 en ligne. Ce trentenaire était lui aussi un influenceur. Mais nettement plus connu que Solveig. Un temps, il avait régalé ses centaines de milliers d'abonnés avec des vidéos révélant les « dessous croustillants » de l'industrie musicale ou de la téléréalité. Cette fois, il était soupçonné, en même temps que d'autres influenceurs, d'avoir fait sciemment la promotion de produits financiers véreux. Les escrocs étaient du genre imaginatif : ils avaient monté deux arnaques différentes, aussi juteuses l'une que l'autre.

La première consistait à promouvoir et vendre en ligne des jetons non fongibles, sous forme d'œuvre d'art virtuelle, en promettant aux acheteurs que cet investissement serait très rentable. La seconde consistait à inciter les followers à utiliser une appli leur permettant de faire dans le *copy trading*, c'est-à-dire de miser sur le cours des devises et des produits dérivés du Forex, comme des traders professionnels et donc expérimentés. Dans les deux cas, les influenceurs avaient promis des gains importants et rapides. Les victimes réunies dans un collectif reprochaient à Junio89 et ses copains de les avoir encouragées à acheter ces produits en sachant pertinemment qu'il n'y aurait aucun retour sur investissement.

La presse parlait d'un préjudice total s'élevant à cinq millions d'euros. Et de milliers d'investisseurs ayant perdu des sommes s'échelonnant de quelques centaines à cent mille euros. À ce jeu-là, certains s'étaient retrouvés sur la paille. Pour le moment, une plainte contre X avait été déposée auprès de la procureure de Paris. Les plaignants espéraient le démarrage d'une enquête.

Gabriella releva le nez de son écran.

— Quand vous dites que Solveig fréquentait Junio89, ça veut dire quoi ?

— Qu'elle a trempé dans ses magouilles.

— Vous avez des preuves ?

— Non. Mais dans mon métier, quand la rumeur persiste, mieux vaut ne pas s'obstiner. Et puis, il y a trop de candidats et de candidates pour que j'aie le temps de passer tous les CV au crible.

Elle essaya d'en savoir plus. Et n'obtint aucun résultat.

Au jugé, Mouthe ne semblait pas faire dans la rétention. Simplement, il n'en savait pas plus. Les bruits qui couraient sur Solveig avaient suffi pour qu'il refuse de travailler avec elle. Une réaction logique vu son domaine d'activité. Une rumeur pouvait enflammer la Toile et brûler une réputation en quelques clics. Celle de l'agence InfluWorld, par exemple.

— Vous avez l'intention d'aller faire le même genre de numéro exténuant à Junio89 ? reprit Mouthe.

— Peut-être.

— Méfiez-vous. Ces dernières années, je l'ai croisé souvent, à pas mal d'événements. C'est vraiment pas un gentil garçon.

Gabriella lui sourit d'un air dégagé.

Des garçons qui n'étaient pas gentils, elle en avait croisé des palanquées à San Pedro. Et elle avait survécu.

Chapitre 6

Pantin
Mardi 6 février

Gabriella était de retour au bord du canal de l'Ourcq, mais ce n'était pas seulement pour remettre la robe de vamp de Solveig en place sur son portant.

— Vous auriez pu me dire pour Junio89, on

aurait gagné du temps, Monique. Enfin, surtout moi.

— De quoi vous parlez ?

— Mouthe refusait de prendre Solveig dans son agence parce qu'elle était trop proche de Junio89.

— Trop proche, ça se discute.

— Bien, allons-y. Discutons.

— Pourquoi je vous mâcherais le boulot ? Vous n'êtes pas flic. D'ailleurs, en parlant d'eux, votre copain est venu hier.

— Mathias ?

— Ben oui, vous en connaissez d'autres ?

— Vous êtes de mauvaise humeur, dites-moi.

— Votre Mathias est du genre pénible.

— Tous les flics sont pénibles. C'est carrément dans leur ADN.

— Bon, il a craqué Mouthe ?

— Oui, mais justement. À part le nom de Junio89 et l'évocation de ses démêlés avec la justice, je n'ai rien récupéré de concret. Il a arnaqué ses followers. Solveig aurait trempouillé dans l'histoire.

— N'importe quoi.

— Vous prétendez que c'est faux ?

— Solveig n'était pas comme ça.

— Eh bien, je suis sûre que vos livres de comptabilité vont parler. Non ?

Elles se lancèrent dans un concours de regards arctiques. Monique était très forte à cet exercice. Mais Gabriella tint bon.

La comptable lâcha un énorme soupir, puis s'assit derrière son ordinateur et se connecta sur le compte de Solveig.

— Votre flic m'a demandé la même chose et je lui ai montré les mêmes trucs.

Gabriella vit des colonnes de chiffres et n'essaya même pas de comprendre ce qu'elles recouvraient. Pedro avait eu beau essayer de lui révéler le charme des mathématiques, elle n'avait jamais accroché. Pour elle, c'était un langage extraterrestre. En plus, si les maths recelaient un peu de poésie, il n'en était rien avec la compta.

— Traduisez-moi, vous serez gentille.

Bien sûr, Monique se fit prier. Et après quelques jérémiades, elle expliqua que l'an passé Solveig avait touché une série de versements échelonnés, assez irrégulièrement. En tout, on arrivait à cent cinquante mille euros. C'était d'ailleurs avec cette somme qu'elle avait acheté sa péniche.

Gabriella tiqua. Une péniche pour seulement cent cinquante mille euros ? Elle vérifia en ligne. En réalité, il fallait compter le double, au minium. Le chiffre s'affichait sur son écran. Elle le tourna vers la comptable sans faire de commentaires. Celle-ci comprit vite où elle voulait en venir.

— Essayez un peu de suivre, bon sang ! Solveig faisait des économies depuis des années. La preuve, elle vivait en coloc. Et elle surveillait toutes ses dépenses. Sa péniche, c'était son rêve. Avec cet apport de cent cinquante mille euros, elle pouvait *enfin* se l'acheter.

Gabriella pensa soudain que l'influenceuse était un peu comme elle. *Elle voulait vivre sur l'eau et moi dans les arbres*. Malgré ses probables arnaques avec le fameux Junio89, ça la rendait un poil plus sympathique. *Pour poursuivre un rêve comme celui-là, elle devait être du genre… romantique.*

— Ça venait de qui ?

— …

— Monique !

— …

— De Junio89. C'est ça, hein ?

— OK. Oui, c'est ce que m'a dit Solveig. Mais il ne voulait pas que ça apparaisse. Alors on a fait passer ça comme des rentrées en provenance de plusieurs annonceurs. Les vidéos, c'est de l'immatériel. Ça ne se compte pas comme les kilos de carottes. Et il y en a tant… De quoi s'y noyer.

— C'est ce que vous avez expliqué à Mathias ?

— Non, je lui ai refilé les documents comptables. À lui de se débrouiller.

Elle ravalait un petit sourire. Gabriella en conclut que les comptes étaient soigneusement présentés. De façon à lui éviter des ennuis.

— Toutes ces cachoteries, c'est parce que vous ne vouliez pas être accusée de faux en écriture, j'imagine, en conclut calmement Gabriella.

— Je crois que je vous aime nettement mieux quand vous m'engueulez. J'admets, je n'ai rien dit quand votre Mathias m'a demandé si quelque chose de spécial s'était passé dans la vie professionnelle de Solveig. En fait, je lui ai donné les documents en dernier recours. Quand il a insisté.

— Vos chiffres n'ont rien à dire d'intéressant. Du moins, en apparences. Jusque-là, j'arrive à suivre. Mais je le trouve drôlement généreux ce Junio89. Cent cinquante mille euros. Allez hop. Surtout que vous prétendez que Solveig n'aurait jamais trempé dans ces escroqueries.

— J'ose le croire.

— C'est oui ou c'est non, Monique. Arrêtez de me balader. J'ai le tournis à force.

— Pour savoir à quoi vous en tenir, il faudrait que vous réussissiez à enquiquiner *son* comptable. Ou que vous l'interrogiez lui.

— C'est quoi son vrai nom ?

— Julien Dukerque. Et il habite Ivry-sur-Seine.

Monique nota l'adresse sur un bout de papier et le lui tendit.

— Vous devenez coopérative. Super.

— Vous n'aviez pas l'intention de me foutre la paix. De toute façon.

— Bien vu.

— Et puis, j'avoue qu'avec vous, je vis un peu par procuration.

— Quoi ?

— À mon âge, les distractions manquent. C'est pour ça qu'une fois retraitée, j'ai rempilé pour faire la compta ici. Dites-moi, c'est quoi vos relations avec votre Mathias ?

— Pourquoi vous l'appelez tout le temps *mon* Mathias ou *mon* flic ?

— Parce qu'il est un peu à vous, j'imagine. Il vous tient gracieusement en dehors de son enquête et quand on lui parle de vous, des étoiles scintillent dans ses yeux.

— Vous lui avez parlé de moi ?

— Oui, pour savoir si je pouvais ou non vous accorder ma confiance. Vous êtes avec ce flic ?

— Ça vous regarde ?

— Il est pénible, mais beau gosse. Je vous ai expliqué cette histoire de procuration, alors arrêtez de faire votre chochotte.

La fille lisait de la romance, la mère s'en racontait. Mais bon, elle était cash. Ce qui était plutôt une rareté, et du genre appréciable. Gabriella garda son calme.

— Mathias est amoureux de moi.

— Ouais, d'accord, j'avais compris. Et vous ?

— Je ne sais pas. Mais j'aime bien l'odeur de sa peau.

— Mm, joli.

— Bon, on va arrêter un peu de « procurationner », je file chez Julien Dukerque, alias Junio89.

— Méfiez-vous. Vous avez insisté pour avoir les infos. Je vous les ai données. Mais, ce mec, c'est un enfoiré.

— Je croyais que c'était un gentil donateur, plaisanta Gabriella.

— Je vous aurais prévenue.

— C'est bon. J'avais compris comme une grande.

— Ce type a grugé des gens. Il leur a piqué leurs économies. Avec son baratin.

— Oui. OK.

— Vous êtes sûre que vous ne voulez pas laisser la police faire son job ?

— Je les laisse faire ce qu'ils veulent. L'un n'empêche pas l'autre.

Monique soupira, puis la raccompagna. Dehors, les oiseaux produisaient pas mal de boucan.

— Ils croient qu'on est déjà au printemps, commenta-t-elle en regardant la cime d'un grand arbre. Ils sont paumés. Comme nous.

Gabriella réfléchit. Elle ne se sentait pas « paumée ». Le réchauffement climatique était l'un de ses combats et elle avait décidé de rentrer dans le lard des climatosceptiques à la moindre occasion. Justement, pas question de baisser les bras.

Mais le climat attendrait un peu. La nuit passée, elle avait rêvé de Solveig. Celle-ci, vêtue de la robe moulante qui avait séduit Mouthe, se baladait au bord du canal de l'Ourcq. Lequel charriait du sang. À un moment, un barracuda en avait surgi pour gober l'influenceuse.

Ce barracuda, je saurai à quoi il ressemble, se promit-elle.

Elle remonta le quai. Une fois arrivée devant la péniche, elle vit que le périmètre était entouré de rubalise.

Il est temps d'appeler mon *Mathias.*

Il répondit dès la première sonnerie. Il faisait toujours ça. Elle tenta de lui soutirer des informations, mais il passa en mode « tête de mule ». Il admit simplement qu'il ne s'agissait pas d'un viol.

Mathias tenait à elle, mais de là à lui révéler des aspects de son enquête, il y avait une marge qu'il ne franchirait jamais.

Ou pas... Peut-être qu'en le travaillant avec soin.

— On m'a dit que Solveig était en cheville avec un type assez louche. Mais je ne connais pas son nom. Ni ce qu'elle fabriquait avec lui.

Une partie d'elle répugnait à lui mentir, mais l'autre s'en fichait complètement. La schizophrénie avait du bon, quelquefois.

— Je ne peux rien te dire, Gabriella. Tu le sais bien.

— Tu as vu que la tablette et l'ordinateur de Solveig ne sont plus dans son bureau ? Monique la comptable te l'a dit, j'imagine ?

— Exact.

— Son tueur a pu lui prendre ses clés. Et entrer à son domicile en l'absence de ses colocs. Pour piquer son matos. Lequel contenait peut-être des infos compromettantes.

— On va s'en occuper. Ne t'inquiète pas.

— OK, soupira-t-elle. J'espère en tout cas que tu trouveras le salopard qui a fait ça.

— On s'y emploie... Gabriella ?

— ... Oui ?

— Tu me manques... Est-ce que cette nuit...

Elle décida de mentir. Cette nuit, elle ne se sentirait aucunement d'humeur sentimentale. C'était garanti.

— Ouh, excuse-moi, un appel pour le boulot ! L'un de mes contacts, je ne peux pas rater ça, Mathias.

Et elle lui raccrocha au nez. Non, cette nuit elle ne se sentirait pas le moins du monde d'humeur affectueuse, pour la bonne raison que, dans l'immédiat, elle se sentait plutôt aventureuse. Elle irait à Ivry-sur-Seine. Il y avait là un « enfoiré » à renifler.

En s'intéressant à lui sur le Net, elle avait appris que demain matin, Julien Dukerque était convoqué à la BRDA, la Brigade de répression de la délinquance astucieuse, pour une audition très matinale. Il y avait donc de fortes chances que « l'astucieux délinquant » soit chez lui plutôt qu'en train de faire le beau sur un dancefloor ou dans une party quelconque.

***

Kazuo se réveilla en sursaut. Il avait rêvé de son père. Comme d'habitude.

Un sentiment de culpabilité le fit grimacer. Il n'était pas censé s'endormir au travail. Il devait être alerte pour surveiller les lieux. Son boss dînait avec son poulain. *Et je dois veiller à leur sécurité, que je les apprécie ou non. Une question de professionnalisme.*

Il étira sa nuque douloureuse, puis regarda le restaurant à travers la vitre de la voiture. Rien à signaler. Les deux hommes discutaient tranquillement. De toute façon, le poulain avait son propre garde du corps. Un ex-militaire d'une parfaite efficacité. En plus, ils étaient de la même famille. Le gars devait être son oncle ou quelque chose comme ça. Ce qui signifiait que sa loyauté était en béton armé.

Kazuo s'étira. Ses courbatures le mordirent. Il décida de sortir de la Volvo. Il avait besoin de prendre l'air, de s'ébrouer. L'image de son père baignant dans son sang continuait de flotter dans la brume de son esprit.

Ça avait été lui ou moi.

Son père aurait pu avoir une autre existence s'il n'avait pas cédé à la séduction de l'alcool et des paradis artificiels en tous genres.

Quand Kazuo avait huit ans, il l'avait initié au maniement des armes. Notamment à tirer à la kalach. Il l'emmenait chasser aussi. Et le forçait à écorcher les animaux qu'ils avaient abattus. Des moments particulièrement répulsifs. Son paternel voulait l'endurcir, il avait surtout réussi à le traumatiser.

Son subconscient lui répétait qu'il avait commis un parricide, n'empêche, Kazuo savait que ce n'était pas *entièrement* de sa faute.

En fait, son vieux avait creusé sa propre tombe.

Le garde du corps du poulain sortit de voiture, s'alluma une cigarette et souffla sa première bouffée avec une satisfaction évidente.

Une mauvaise habitude.

Kazuo cessa de le regarder. Il n'avait pas la moindre envie que ce type s'approche et entame la conversation. De toute manière, ça n'aurait pas été une conversation. Cet homme passait son temps à sonder les autres, à évaluer la menace. Ou la baisse de forme.

Un mouvement sur sa droite. Il tourna la tête. Son boss sortait du restau avec son poulain. Kazuo s'avança à leur rencontre. L'ex-militaire écrasa sa clope sur le trottoir et fit de même.

***

Ivry-sur-Seine

Julien Dukerque, dit Junio89, habitait une luxueuse villa blanche ultramoderne, au toit plat et aux immenses baies vitrées bordées de noir.

Planquée derrière la haie bordant la propriété et équipée d'une paire de jumelles, Gabriella le voyait aller et venir dans son gigantesque salon, smartphone plaqué contre l'oreille. Une télévision à écran géant était allumée sur BFM TV.

Comme en témoignaient ses innombrables vidéos parfumées à la testostérone, Junio89 était une montagne de muscles au crâne rasé et à la courte barbe châtain clair. Les bijoux qu'il portait aux oreilles et autour du cou lançaient des éclats sous les spots de son plafond. Il devait être follement amoureux de lui-même, car ses murs étaient ornés de ses portraits en noir et blanc. Ils le montraient tous dans des postures ultra viriles.

Aucun animal de compagnie à signaler nulle part. Pas de lumière à l'étage. Une berline rouge était garée sur l'allée de graviers du parc bordant la maison. Équipée de vitres fumées, elle semblait avoir été lustrée récemment et respirait le luxe. Le dessin de ses jantes évoquait des pétales, le design de ses phares de mystérieux yeux en amande.

Gabriella revint vers la Méhari déglinguée qui

patientait dix mètres plus loin. Elle monta à bord.

— Alors ? demanda Vlad en écrasant un bâillement.

— Alors pas grand-chose, le gars cause au téléphone. Mais je crois qu'il est seul chez lui.

Vlad hocha la tête. Il avait coupé le moteur et gardé sa veste. Sa bagnole était tellement arthritique qu'elle laissait passer les courants d'air. Seul avantage, ça évacuait un peu l'odeur de Léon IV, qui aurait vraiment gagné à prendre un bain.

Gabriella tendit la main vers la banquette arrière et laissa le berger lui lécher la main en abandonnant un hectolitre de bave dans le processus. Ces caresses humides l'aidaient à réfléchir. Un phénomène bizarre, mais bel et bien réel.

— Bon. J'y vais. Si j'ai besoin de toi, je t'appelle. Il y a un interphone, mais pas de caméra. Je laisserai le portail ouvert pour toi.

— D'accord.

Elle revint vers la maison et sonna à l'interphone. Il fallut pas mal de temps au sieur Dukerque pour venir répondre. Elle expliqua être une amie de Solveig.

— Ouais. Et alors ? grésilla la voix de l'influenceur à travers l'appareil.

— J'ai un message à vous remettre de sa part.

— Sans blagues ?

— Un message personnel.

Plus rien n'émergea de l'interphone pendant un moment, puis un déclic résonna dans la rue déserte. Gabriella pénétra dans la propriété et bloqua le plus discrètement possible la fermeture du portail en coinçant son blouson de cuir au niveau du verrou.

Elle s'avança sur l'allée de gravier. La porte de la villa s'ouvrit sur l'imposante silhouette de son propriétaire.

Lorsqu'elle fut à environ trois mètres de lui, il lui sourit. Visiblement, il aimait ce qu'il voyait.

Il accepta sa poignée de main, puis recula pour la laisser passer.

Elle entra directement dans le salon. Les images continuaient de défiler sur le téléviseur, mais le son avait été coupé.

— Je vous sers quelque chose ?

— Vous avez du singani ?

— Non. C'est quoi ?

— Une eau-de-vie de Bolivie.

— Vous êtes bolivienne ?

— Oui.

— Vous aimez le vin ?

— Oui, je boirai le même que vous.

Il alla dans ce qui devait être la cuisine et revint avec une bouteille de blanc entamée et deux verres. Il fit le service et se cala dans un canapé de cuir noir aux lignes pures qui devait valoir une petite fortune. Elle s'assit sur son jumeau, couleur sable mouillé.

Ils s'observèrent un instant en silence. Junio89 but une gorgée de vin blanc, puis reposa son verre sur une table basse en marbre blanc veinée de noir.

— Alors comme ça, vous êtes une amie de Solveig.

— Oui.

— C'est marrant. On se connaissait bien, mais elle ne m'a jamais parlé de vous. Solveig avait pas mal de followers, mais quasiment pas d'amis.

— Vous en parlez au passé.

L'influenceur désigna la télé.

— La chaîne en continu a annoncé sa mort, ce matin.

— Possible. Je n'ai pas la télé.

— On parlait d'amitié, vous et moi...

— On est devenues amies après sa mort.

— Ah ouais !? s'esclaffa l'influenceur. On ne me l'avait jamais faite celle-là. J'adore !

— Oui, Solveig m'apparaît en rêve. Et me demande des trucs. Comme de savoir qui l'a torturée jusqu'à ce que son cœur lâche, par exemple.

Junio89 cessa de sourire et plissa les yeux.

— T'es qui, toi, en fait ?!

— Tu lui as versé une grosse somme. Avec laquelle elle a acheté sa péniche.

— Je ne lui ai jamais versé quoi que ce soit.

Il se tut un instant. Et l'observa.

— Et donc ? articula-t-il en produisant visiblement un effort pour rester calme.

— Il y a une plainte contre X lancée par les victimes d'une escroquerie aux produits financiers. Tu es au centre de l'affaire. Une enquête va démarrer. J'imagine qu'un témoignage de Solveig aurait pu offrir une belle ouverture aux enquêteurs.

— Vas-y, déballe un peu ton délire pour voir.

— La somme que tu lui as refilée, c'est de la gnognotte à côté de ce que tu t'es mis dans les poches.

— Quoi, tu te dis que cette baraque n'est pas un taudis et que j'ai les moyens de séjourner la moitié du temps à Dubaï ?

— L'idée m'est passée par l'esprit.

— Magnifique sens de la déduction. Eh ben oui, j'ai du fric. Je suis une star de la téléréalité reconvertie en influenceur à succès. C'est pas plus compliqué que ça.

Elle décida de bluffer un peu.

— J'ai vu les chiffres. Les vrais. Ça ne ment pas en général.

Il se leva d'un bond, fonça sur elle, l'agrippa par le col de son T-shirt et la plaqua au sol. Après quoi, il s'assit sur son ventre et la darda d'un regard haineux.

— Lâche-moi ! Je ne suis pas toute seule, abruti !

Ça n'eut pas l'air de l'impressionner. Il lâcha son col, mais sa main se resserra aussitôt sur son cou. Vu la taille de cette paluche, elle pouvait suffire pour broyer une trachée.

— Tu m'enregistres, c'est ça ?

— Non... réussit-elle à grommeler malgré le garrotage qu'il lui imposait.

Avec sa main libre, il entreprit de la fouiller. Il récupéra vite le smartphone dans la poche droite de son jean. Il fit ses vérifications, constata qu'elle n'avait pas lancé la fonction enregistrement et balança le téléphone par-dessus son épaule.

Il se releva et la toisa.

— Qui est-ce qui t'envoie ?

Elle recula en rampant, se mit debout prestement. Sa gorge lui faisait mal, mais il n'y avait pas de dégâts. Elle en avait vu d'autres, et des plus saumâtres.

Mais elle n'était pas maso, et le moment était donc tout de même venu d'appeler Vlad. Elle voulut ramasser son téléphone. Dukerque fonça et balança un coup de pied dans l'appareil qui gicla contre une plinthe.

Gabriella sursauta. Elle venait d'entendre un « pop » suivi d'un « vlam ». Léon IV déboula dans ses jambes, la renifla, puis pivota vers l'influenceur. Et se mit à aboyer. Vlad arriva dans le sillage du berger allemand.

Le regard de Junio89 se glua immédiatement sur le Makarov que le grand Roumain tenait nonchalamment. Une vieillerie, mais qui faisait toujours son petit effet. Surtout équipée de son silencieux d'une trentaine de centimètres.

Les yeux de l'influenceur quittèrent le semi-automatique pour se fixer sur Gabriella. Son expression indiquait que l'irruption l'avait impressionné, même s'il tentait de le cacher.

Vlad se campa sur le canapé noir, le flingue au repos sur sa cuisse droite.

Il fit signe à Junio89 de s'asseoir en face de lui.

L'autre obéit.

La technique de Vlad était imbattable. Il était convenu qu'il ne prononcerait pas un mot. Rien de tel qu'un grand silence frisé pour déstabiliser l'adversaire. De toute façon, Vlad n'était pas d'un naturel causant.

— Bon, on reprend, dit Gabriella. Solveig, c'est toi ?

L'influenceur rigola comme si la question était la meilleure vanne qu'il ait entendue depuis un moment.

— Non, lâcha-t-il une fois sa saynète terminée.

— Parce que ?

— Je vais te le dire.

— Cool.

— Vu tes méthodes, j'imagine que tu ne bosses ni pour les flics ni pour un média quelconque. Alors, voilà. La petite Solveig, elle était en perte de vitesse, du coup elle m'a branché lors d'un cocktail fashion.

— C'était quand ?

— Il y a un peu moins de deux ans. Elle avait picolé pour se donner du courage, elle voulait que je lui présente des contacts pour revitaliser son pool d'annonceurs. J'ai été gentil, j'ai essayé de l'aider. Mais quel intérêt j'aurais eu à la buter ? Aucun. Voilà, c'est tout.

Gabriella réfléchit. Est-ce que ce rouleur de mécanique très content de lui était l'homme dont Solveig était raide dingue ? Pourquoi pas.

— Tu couchais avec ?

— Qu'est-ce que ça à voir ?

— C'était le ticket d'entrée pour ton carnet d'adresses, j'imagine. Et le problème, c'est que ça lui a plu. Elle est devenue accro et collante, non ?

— Et je l'aurais butée pour la décoller ? Tu me flattes, là.

Il y eut un mouvement du côté du canapé noir. Vlad venait de changer de jambe comme support pour son flingue. Son regard et celui de Léon étaient au diapason, dans le style créatures sauvages des Carpates.

— Alors ? s'impatienta Gabriella.

— On a baisé, d'accord. Mais c'était histoire de vérifier qu'on n'était pas plus compatibles que ça en matière de cul. Ensuite, comme elle était sympa, oui, je l'ai branchée sur quelques bons coups.

— Précise un peu.

— On a tourné pas mal de vidéos en duo.

Il saisit son smartphone, en fit démarrer une et lui tendit l'appareil. Gabriella vit le duo Solveig. Junio89 vanter les mérites d'une marque de prêt-à-porter. La vidéo datait d'un peu plus d'un an.

Force était de constater qu'il y avait une sorte de chimie entre eux. Le côté barraque tatouée du gars mettait en valeur la féminité gracieuse de Solveig.

— Elle était douée, ma petite copine, reprit Dukerque. Du gâchis tout ça.

— Et ça ne serait pas allé plus loin ?

— Comment ça ?

— Tu ne lui aurais pas proposé de participer à la promo des produits financiers que tu as fourgués aux gogos qui te suivent ?

— Ah, respect. Je vois que tu aimes gamberger.

— Alors ?

— Oui, on a fait quelques vidéos de ce type ensemble. Mais tu ne les trouveras nulle part. Depuis qu'on me reproche d'être un escroc, elles ne sont plus en ligne.

— Quelques vidéos seulement ?

— Oui. Au bout d'un moment, Solveig s'est dit

que les produits financiers n'étaient pas son genre de beauté.

— Tu veux dire qu'elle avait compris que c'était de l'arnaque.

— Solveig était jolie et avait un air totalement innocent. Parce qu'elle était innocente, tu vois ? Mais moi aussi, je le suis, même si je n'en ai pas l'air. En fait, je ne détiens aucun lien capitalistique avec les sociétés que j'ai recommandées à mes followers. Et j'ai toujours été clair par rapport aux risques que présentaient les produits. Tout ça, c'est de la calomnie. Et mon avocat le prouvera.

— Super. Dis-moi, Solveig a peut-être énervé l'une de tes victimes...

— Apparemment, les gens énervés dont tu parles préfèrent porter plainte plutôt que de porter des coups. Heureusement dis donc !

— On en revient à toi. Tu lui as refilé cent cinquante mille euros pour qu'elle se taise. C'est ça ?

Il pianota de nouveau sur son smartphone, puis montra une autre vidéo à Gabriella. On le voyait au milieu d'une foule, lors d'un événement mondain.

Il précisa que ce raout avait eu lieu dans un cinq étoiles parisien, le jour de la mort de Solveig.

Gabriella vérifia l'heure. Ça avait eu lieu en matinée. Solveig avait passé la nuit de jeudi à vendredi à son domicile. Elle avait été tuée vendredi matin.

— Une foule entière pour témoigner de ma présence, c'est pas mal, non ?

— Tu as pu payer quelqu'un. Le tueur est un pro.

— Engager un tueur, moi ? Mais il flairerait le

bon gros mouton à tondre. Chantage assuré. Avec ma notoriété, ce serait le jackpot. Non, tu rêves. En tout cas, le mec avec qui Solveig a déconné, c'est pas moi. Je te le garantis. (D'une main, il désigna le jardin plongé dans la nuit.) Écoute, avec les gens sérieux, je suis quelqu'un de totalement transparent. Comme ma baraque. Il y a des baies vitrées autour de mon cœur. Je t'ai dit ce que je savais. On en reste là ? D'accord ?

Gabriella ramassa son téléphone et vérifia son état.

— L'écran est fissuré, annonça-t-elle.

Junio89 fouilla un sac posé sur le canapé, en fit émerger son portefeuille et lui tendit cinq billets de cent euros.

Elle en empocha deux et abandonna le reste sur la table en marbre.

— Un écran, ça ne vaut pas ça.

— C'est pour me faire pardonner de t'avoir un peu houspillée.

— Ça, ça n'a pas de prix.

— Waouh, la classe !

— De toute façon, si tu m'as raconté des craques, je reviendrai avec une addition autrement plus salée.

— Quel tempérament, continua-t-il sur un mode plaisantin qui ne lui allait pas du tout, mais donnait envie de lui balancer des claques.

Elle sortit de chez lui en avisant au passage la serrure que Vlad avait détruite avec son antiquité russe. Celui-ci arriva sur ses talons avec le chien. Il retrouva aussitôt l'usage de la parole :

— Tu ne veux pas que je lui apprenne un peu à vivre ? Ton cou a des marques.

— Laisse tomber. Ce serait contreproductif.

— Si tu changes d'avis, fais-moi signe, je me sens motivé.

Ils marchèrent en silence jusqu'à la Méhari.

— Merci d'être intervenu avant que je t'appelle, dit-elle en montant à bord.

Vlad installa Léon à l'arrière, puis se coula derrière le volant et boucla sa ceinture.

— Je ne le sentais pas, ce garçon.

— Tu crois qu'il nous a baratinés ?

— Possible. Mais pas certain, dit-il en mettant le contact.

— C'est vrai que son topo sur la transparence n'était pas trop mal. En même temps, ce type est un escroc. Alors, l'un dans l'autre...

Elle se tourna vers le berger allemand.

— T'en penses quoi, toi, mon Léon IV ? Merci à toi aussi d'avoir pris ma défense.

Elle crut le voir sourire. Mais c'était peut-être une illusion. Personne n'avait jamais réussi à prouver que les animaux savaient s'agiter les zygomatiques. Gabriella était tentée de le croire, en tout cas.

— Moi, si j'étais Léon IV, je te dirais que tu es revenue à la case départ.

— Bah, ne sois pas si pessimiste.

— Je dis ça, je dis rien, Gabriella.

Elle hésita à lui demander de la déposer chez Mathias. Une récré sexuelle était tentante, mais elle aurait du mal à trouver une explication plausible quant à l'origine des traces marbrant son cou.

— Pourquoi est-ce que tu ne laisses pas la police s'en occuper ? reprit Vlad au bout de quelques minutes.

Décidément, cette question se prenait pour un virus et contaminait son entourage à tout berzingue. Gabriella réfléchit à ce qu'elle pouvait répondre. Dans le temps à San Pedro, une fille à peine un plus âgée que Solveig avait été retrouvée assassinée. Elle était la petite copine de l'un des membres du gang qui avait pris Gabriella sous son aile. Et c'était aussi une prostituée, d'une grande beauté et d'une élégance naturelle. Du moins c'était comme ça que Gabriella la voyait du haut de ses quatorze ans. Le fiancé transi avait pleurniché un moment, juré qu'il retrouverait et massacrerait celui qui lui avait volé son amour. Des belles paroles. Rien que du vent. Le gars s'était trouvé une autre copine et la vie avait repris son cours.

Gabriella avait trouvé ça horriblement injuste.

— J'ai confiance en Mathias, il est réglo. Parce qu'il n'a pas le choix. Moi, j'ai le droit de dépasser les limites.

— Une enquête « dans les limites » ne va pas suffire ?

— Ce n'est pas un viol. Et le type a su l'éliminer sans laisser de traces.

— Et il saura échapper aux flics ?

— Ça y ressemble assez.

Elle se tourna vers le profil impassible du grand Roumain.

— Bon, alors va pour l'enquête clandestine, admit-il.

Gabriella sourit au bout de lune qui luisait au ras du pare-brise et éclairait très vaguement la nuit brumeuse. En matière de clandestinité, Vlad en connaissait un rayon. Il vivait sans papiers sur le territoire français depuis des lustres. Du moins, c'était ce qui se disait déjà du temps des anciens patrons, Gérard et Maria. Mais le secret resterait bien gardé. Depuis belle lurette, Gérard vivait sa retraite au fin fond de la cambrousse normande et sa femme squattait une chambre au paradis.

— Je te dépose chez toi ?

— Oui. Merci.

— Au fait, c'est où ?

Elle lui communiqua l'adresse de son nouvel hôtel, dans le 11ème arrondissement.

Chapitre 7

Paris
Mercredi 7 février

« *On s'rend débiles d'amour un temps / On se défile pourtant...* »

Il était 8 h 23. Vianney et Joyce Jonathan mariaient efficacement leurs voix à la radio et Gabriella venait de mordre dans son croissant au beurre lorsqu'elle aperçut un visage connu, au-delà de la vitrine de la Sainte-Scolasse. Elle reposa le croissant sur sa soucoupe, remit son blouson et sortit du café.

Noémie avait enlevé son casque, mais caché immédiatement ses boucles brunes sous la cagoule de son sweat-shirt. En tout cas, en l'observant de près, on voyait que sa cervelle était en surchauffe. Elle semblait avoir avalé un pangolin, et ses yeux étaient méchamment cernés.

Le scooter rose était garé à deux pas. On aurait dit un triste cochonnet abandonné.

— Qu'est-ce qui se passe ?

— J'ai cru que je tiendrais, mais non...

— Tu veux qu'on parle à l'intérieur ? Ah, excuse-moi, je te tutoie...

— Pas de souci. Dis-moi... C'est sûr comme endroit ?

— *Sûr* par rapport à quoi ?

— Aux oreilles qui pourraient y traîner.

— À cette heure-ci, il n'y a que des habitués inoffensifs et mes amis. Donc, c'est bon.

Gabriella la précéda dans l'établissement et la fit asseoir à sa table attitrée. Noémie avisa l'ordinateur ouvert.

— Tu travaillais ? Je te dérange...

— Pas du tout. Je t'écoute.

— Ma mère m'a appris que tu étais allée chez Junio89...

— Je confirme.

— Comment ça s'est passé ?

Gabriella dégagea le foulard qu'elle s'était mis autour du cou. Noémie découvrit les marbrures violacées en produisant une grimace de frayeur.

— C'est lui qui t'a fait ça ?

— Ta mère m'avait dit de m'en méfier. Elle avait raison.

— Écoute, je sais que tu veux innocenter l'une

de tes amies, mais ça ne vaut pas le coup de prendre tant de risques...

— Attends, de quoi tu parles ?

— D'après ma mère, tu es remontée à fond... C'est pas la bonne idée.

— Pourquoi ?

— Ces gens-là sont trop forts pour nous.

— Qui ça ? Junio89 et son entourage ?

— Non. Ce type s'est fait trop de thunes avec ses escroqueries. Il aura sûrement des ennuis avec la justice. Je ne vois pas l'intérêt qu'il aurait à en rajouter une couche.

— En se mettant un meurtre sur le dos.

— C'est ça.

— Et donc ?

— J'ai prétendu que Solveig ne me faisait pas de confidences. J'ai menti. Elle en avait gros sur le cœur. Et tendance à picoler quand ça n'allait pas. Son chéri l'avait larguée...

— Et là, du coup, ça n'allait pas *du tout* ?

— C'est ça.

— Alors, elle a ouvert les vannes...

— Ça a commencé comme ça, l'air de rien. Une discussion. J'étais en train de lui dire que j'aimais la dark romance parce que les héros avaient des côtés princes charmants mais en version noire. Des princes charmeurs, plutôt. Tu vois ce que je veux dire ? Tu en lis ?

— Non. Je ne lis que la presse.

— Ah bon, pourquoi pas. En tout cas, ces héros de romance sont irrésistibles. Si tu en lisais, tu verrais. Et tu veux savoir pourquoi ?

— Oui.

— Parce qu'on n'arrive pas à deviner jusqu'où ils sont capables d'aller. J'ai rigolé en disant à Solveig que j'aurais quand même bien aimé en rencontrer un dans la vraie vie. J'adore Laurent, mais...

— Laurent est un prince charmant, pas un prince charmeur.

Gabriella croisa les bras et attendit. Le nom qui l'intéressait franchirait sans doute un jour ou l'autre les lèvres de Noémie.

— Non, Laurent, c'est Laurent. Et il est parfait comme il est. J'en reviens à Solveig. Elle m'a fait son air très sérieux, et elle m'a dit : « Les mecs comme ça existent mais, crois-moi, tu n'as pas envie de les rencontrer. » Tu imagines l'effet ? « Arrête ! J'y crois pas », je lui ai répondu. Alors elle m'a raconté qu'elle avait rencontré un homme exactement comme ça, et que, malheureusement pour elle, il la rendait dingue. Quand il posait ses mains sur elle, c'était comme s'il lui refilait une décharge électrique. Et au lit, je ne te raconte même pas. La folie ! Genre, tu ne te possèdes plus.

— D'accord, je vois. Et ce type, il s'appelle...

— Le nom de ce mec, je vais te le dire.

— Excellent. Ça m'intéresse.

— Parce que, de toute façon, si tu le révèles, personne ne te croira. C'est trop gros. Énorme même.

Dans la famille Pénible, il n'y avait pas que la mère. Ces deux nanas avaient un côté série Netflix. Si on s'abonnait, les péripéties palpitaient à volonté.

Manque de chance, Noémie sembla soudain

couler une bielle. Elle se mit à se tripoter les mains. Et sans doute à hésiter. Gabriella s'aida à patienter en caressant sa tasse de café vide.

Quelque chose vrilla dans le regard de la booktokeuse.

Il était clair qu'elle avait la trouille. *Qui peut bien la mettre dans un état pareil ?*

Gabriella redouta de la voir s'enfuir avec son secret.

Elle réussit à jouer au koala faisant la sieste. Elle avait lu quelque part que ces animaux-là restaient tranquilles un temps infini.

Sans doute parce qu'elle était en pleine crise de parano, Noémie préféra utiliser son smartphone plutôt que d'articuler ses révélations. Bientôt, elle dirigea l'écran vers Gabriella. Celle-ci vit la photo d'un quadragénaire aux cheveux bruns à peine marqué de gris et aux yeux bleu foncé au point de paraître violet. Il avait le teint mat, les joues ciselées, mais la mâchoire virile. Et une légère cicatrice abîmait un peu sa belle gueule en soulignant son méplat gauche.

— C'est pas une photo retouchée, crut bon de commenter Noémie.

— Oui, je sais. Cet homme est comme ça au naturel. L'actualité m'intéresse pas mal, tu sais.

Un visage marquant à plus d'un titre. Philippe de Chanin était le leader d'un parti qui avait le vent en poupe ces dix dernières années. Accessoirement, sur l'échiquier politique, son parti était à l'extrême droite. Mais certains commentateurs parlaient plutôt de « conservatisme nationaliste ».

Gabriella se souvint de ce qu'elle avait glané auprès de Monique, celle-ci évoquait le désintérêt de Solveig pour la politique, ou son désenchantement. Elle l'entendait encore y aller de son analyse : « Elle était cultivée et très ouverte d'esprit. Pas du style à se fritter avec des gens qui n'auraient pas partagé ses idées. »

Ce qui collait parfaitement aux déclarations enfin recueillies de Noémie.

En bref, « l'extraordinaire ouverture d'esprit » de Solveig l'avait aidé à craquer pour ce type. Au point de friser la dépression.

Gabriella se mit à surfer sur le Net à la recherche du pédigrée du gars. Après avoir lu quelques tartines, elle se fit un petit résumé. Philippe de Chanin était avocat de formation, marié, père de quatre enfants et catholique pratiquant. Et des analystes s'entendaient pour dire qu'il était fort bien placé pour la prochaine élection. Celle de la députation européenne. Quelques commentateurs allaient plus loin et lui voyaient carrément un avenir présidentiel, un jour ou l'autre.

Une autre phrase remonta de la mémoire de Gabriella comme un galet libéré de la vase d'un étang par le mouvement d'une carpe trop dodue : « En tout cas, le mec avec qui Solveig a déconné, c'est pas moi. Je te le garantis. »

Est-ce que Dukerque parlait de Chanin ? Et si Dukerque n'avait vidé qu'une partie de sa besace à infos ? Ce serait assez son genre. La pétoire de Vlad ne l'avait pas suffisamment impressionné. Ou plutôt, il en fallait plus que ça pour qu'un pro de la com' largue ses billes d'un seul coup.

On lui parlait. Mais c'était noyé dans une sorte de brouillard musical. Gabriella prit conscience que Joyce et Vianney n'avaient pas fini de chanter et que Noémie la questionnait d'un ton alarmé :

— Tu ne vas pas t'y remettre, OK ?! Hé, Gabriella, tu m'écoutes ?

Gabriella leva les yeux vers la pendule qui somnolait non loin de David Bowie. Elle indiquait 8 h 41. Elle se connecta sur le site de la BRDA. La Brigade de répression de la délinquance astucieuse se trouvait au 36 rue du Bastion, dans le quartier des Batignolles.

La notion de convocation matinale était floue. Certes. Mais si elle s'agitait un peu, elle pouvait peut-être choper Dukerque avant ou après.

— Dis-moi, Noémie...

— Oui ?

— Tu me prêterais ton scooter ?

***

La nuit passée, Kazuo avait été visité une fois de plus par le spectre de son père. Les rêves se rapprochaient, ces derniers temps. On aurait dit que le paternel faisait de l'incruste. Que depuis le royaume des Morts, il tentait de communiquer.

Pourtant, rien de ce qu'il pourrait dire n'aurait jamais aucun sens ni aucun intérêt.

Kazuo n'avait pas énormément de certitudes, mais il savait au moins une chose. Sa mère n'était pas morte d'un cancer parce que cette maladie dormait dans ses gènes en attendant le moment de passer à l'action. Sa mère était morte à cause de son père. Parce qu'il lui avait fait vivre une existence horriblement stressante. Il l'obligeait à s'impliquer dans son trafic de dope au risque de sa vie. En prime, il la trompait. Entre deux délires assaisonnés à la vodka ou à la coke.

Et puis, il y avait eu cet accident de voiture. Il conduisait sous l'emprise de l'alcool. Ils avaient tous failli y passer. Ce jour-là, le voile qui empêchait Kazuo de voir la réalité était tombé. La véritable nature de son vieux lui était apparue.

Après la mort de sa mère, ça avait empiré. Le gars semblait désespéré. Comme s'il se rendait enfin compte qu'elle avait été l'amour de sa vie et qu'il avait tout saccagé.

Il s'était mis à débloquer de plus en plus. Jusqu'à trahir les mauvaises personnes.

Quand, dans un endroit désert de l'arrière-pays, deux hommes avaient mitraillé sa BMW, Kazuo se trouvait à l'intérieur. Il avait fait le mort. Les types étaient repartis.

Son père s'était mangé plusieurs balles. Mais il respirait encore. Son portable avait giclé sous le levier de vitesse.

Kazuo avait d'abord était assailli par la terreur. La Mort lui léchait la peau. Elle comptait l'emporter.

Une fois son calme recouvré, et alors que son père crachait du sang en essayant de lui faire comprendre d'appeler une ambulance, Kazuo avait éprouvé une étrange sensation. C'était comme si le visage de sa mère et celui de la Mort se mêlaient pour devenir une créature avec une proposition.

« Laisse-le partir, Kazuo, il faut que ça se termine ».

Alors il était sorti de la voiture aux vitres explosées. Devant lui, le paysage déployait sa splendeur. Une immensité paisible.

Il avait attendu.

Que son père s'en aille vers le vide.

Il ne regrettait rien. Et ce n'était pas un pauvre rêve qui le ferait changer d'avis.

Son smartphone jappa dans sa poche.

Son patron.

Il lui annonça qu'il devait assurer une filature. Celle d'une femme. Kazuo l'écouta lui donner les détails nécessaires.

***

Gabriella gara le bidule rose de Noémie rue du Bastion. Le bâtiment rutilant aux reflets bleutés abritant la direction de la police judiciaire était à deux pas. À environ trois cents mètres sur la droite, le Palais de Justice avait l'air d'un gigantesque gâteau de mariage à trois étages.

Elle repéra une bande de journalistes qui scrutaient la rue. Et en déduisit que Dukerque allait arriver.

Elle tourna le dos à l'immeuble et se mit en position. Elle n'avait pas oublié l'allure de la voiture de l'influenceur. Une berline rouge aux yeux de chat, aux vitres fumées et aux jantes « florales ».

Le véhicule en question se matérialisa dans le paysage un quart d'heure plus tard. Gabriella piqua un sprint et arriva à la portière du conducteur avant la meute des journalistes. Elle agita la main, se bricola un grand sourire de squale, puis se précipita vers l'autre portière. Elle entendit le déclic de déblocage. Elle se coula à l'intérieur. Les portes se rebloquèrent aussitôt.

Junio89, clé électronique en main, affichait une expression sinistre.

— Tu commences vraiment à me chauffer ! Tu n'imagines même pas.

— Si, très bien.

— Et donc ?

— C'est plutôt à toi d'imaginer la tronche des journalistes si je me mettais à gueuler que tu as un lien avec l'assassinat très glauque d'une influenceuse.

— Il faut te répéter combien de fois que je n'ai rien à y voir ? Tu as un problème d'audition ?

— Chanin.

Il marqua le coup. Elle lui balança un sourire cruel.

— Qu'est-ce que tu racontes ?

— Philippe de Chanin, le politicien. Tu m'as bien entendue.

— Bon, lui, oui et alors ?

— Ne joue pas au con avec moi. Solveig couchait avec ce type. Un bon père de famille aux portes de la députation européenne sautant une petite influenceuse ? Bah, mauvais genre, tout ça.

— Je n'étais pas au courant.

— OK.

Gabriella actionna la portière, puis fit mine de

s'éclaircir la gorge et de s'apprêter à sortir. À travers la vitre, il était évident que les journalistes avaient faim.

— Salva ! brama Dukerque.

Elle tourna la tête vers lui et l'interrogea du regard.

— C'est qui ?

— Un influenceur politique.

Elle lâcha le loquet de la portière.

Salva… Salva… Le nom lui disait quelque chose. Elle faillit questionner son téléphone, puis se dit qu'interroger sa propre mémoire pouvait aussi être une option intéressante. Les téléphones intelligents avaient parfois tendance à nous rendre idiots.

Et elle se souvint. Ce type avait provoqué un ramdam au moment du Covid. Il faisait partie de ceux qui prétendaient que le vaccin à ARN messager refilait la maladie de la vache folle. Salva était peut-être un influenceur politique. De son point de vue, c'était surtout un complotiste.

— Salva, oui, je vois. Quel rapport avec Solveig ?

— Un jour, je l'ai vue en discussion avec lui.

— Quand ça ?

— Il y a deux mois, je dirais.

— Quel genre de discussion ?

— Houleuse.

— À propos de quoi ?

— Aucune idée.

Elle lui fit sa mine dubitative.

— Je te jure que c'est vrai, soupira-t-il.

— Et le lien avec Chanin ?

— Il faut te mâcher le boulot, dis donc.

— Alors ?

— Les thèses de Chanin plaisent bien à Salva. Ou il les trouve porteuses pour son propre business, je ne sais pas. En tout cas, il ne rate jamais l'occasion d'en faire la promo auprès de ses followers. Du moins, pour ce que j'en ai vu et entendu dire. Parce que leurs conneries à Salva et Chanin, j'en ai basiquement rien à braire, tu vois ? Et maintenant, il va vraiment falloir que tu dégages de ma caisse. J'ai une convocation dans trois minutes. Et mon avocat est sûrement en train de poireauter.

— Rassure-toi. Je n'ai aucune envie de m'éterniser en ta compagnie.

Elle sortit de voiture et fut vite cernée par les journalistes. Certains lui demandèrent quels étaient ses liens avec l'influenceur. Elle les ignora royalement.

Le soufflé retomba dès que Junio89 émergea à son tour de la berline en affichant un grand sourire immaculé. La meute fonça sur lui. Il les accueillit avec une satisfaction qui, pour une fois, semblait cent pour cent authentique.

Faire le buzz, c'est vraiment un métier, se dit Gabriella, presque admirative. *En fait, il faut aimer ça.*

Elle remonta sur le scooter de Noémie et enfila le casque qu'elle lui avait emprunté en même temps que son engin.

Il était convenu qu'elle lui rapporterait à la Sainte-Scolasse.

Chapitre 8

Gabriella avait rendu ses clés de scooter et son casque à Noémie. Celle-ci s'attardait à sa table en sirotant un thé, le nez plongé dans son roman.

Gabriella venait de passer plus d'une heure à surfer sur le Net pour trouver le lien qui unissait Salva et Chanin. Le premier possédait une chaîne YouTube comptant près de deux cent mille abonnés séduits par ses prises de position systématiquement polémiques. Avec ses grosses lunettes rondes à monture d'écaille, la vivacité de son regard brun, sa barbe poivre et sel bien entretenue, ses sourires généreux et son port systématique du costume-cravate, le quadra réussissait à se donner un look d'intellectuel proche du peuple. Le second faisait partie des personnalités que le Youtubeur, également très présent sur Instagram, Twitch et TikTok, interviewait. Apparemment, c'était Salva qui avait incité Chanin à créer lui aussi sa chaîne YouTube et à développer sa présence sur les réseaux sociaux de façon à séduire un électorat jeune. Avec une grosse affection pour les abstentionnistes et les hésitants, un vivier extraordinaire. Un bon moyen pour le politicien de véhiculer ses idées sans passer par les journalistes et leurs questions sournoises.

Philippe de Chanin avait mis le pied dans l'ascenseur vers le pouvoir. Solveig avait-elle joué le rôle du grain de sable dans le mécanisme ?

Gabriella se massa les tempes et releva les yeux de son écran. Ces vidéos l'avaient saoulée.

Elle observa les alentours. C'était le creux de la matinée. Le café-restaurant n'accueillait que trois clients, lesquels s'étaient installés près de la vitrine afin de ne pas rater le retour du soleil.

Elle proposa à Juliette et Julie de la rejoindre dans le fond de la salle. Noémie leva le nez de son bouquin. Intrigué, Vlad s'invita dans leur petit groupe.

D'où ils se trouvaient et grâce au boucan couvrant de la radio, leur conversation resterait secrète, Gabriella leur dressa le bilan de son enquête et les fit profiter de sa petite théorie : Solveig avait eu une liaison avec le politicien Philippe de Chanin, il l'avait quittée, elle avait décidé de se venger en le menaçant de diffuser une vidéo de leurs ébats, il avait essayé de l'en dissuader. Peut-être bien avec l'aide de son copain Salva. Lequel avait été vu en train de houspiller Solveig.

— Jusqu'où Salva et Chanin sont allés pour la faire taire, c'est la question, conclut-elle.

Pendant un moment, personne ne réagit. Surtout pas Vlad, qui leur faisait sa tête de vieux chêne ayant vu défiler de la turpitude depuis pas mal de siècles.

Juliette prit l'initiative.

— Je suis d'avis que tu arrêtes, dit-elle. Les flics ne sont pas venus m'interroger. Donc, c'est bon.

La réaction agaça Gabriella. Elle contrôla ses nerfs, croisa les bras et pencha la tête sur le côté.

— C'est vraiment *bon* ? demanda-t-elle.

— M'éviter les ennuis, c'était le but, non ?

(Gabriella plissa les yeux.) Quoi ? Ne me regarde pas comme ça. Je trouve Chanin à peu près aussi sympathique qu'une serpillière contaminée à la fièvre Ebola, mais je ne vois vraiment pas ce qu'on peut faire au sujet de sa liaison avec Solveig. Ou ce que *tu* peux faire. Parce que je te sais capable de tout révéler. Et franchement, ça me turlupine.

Gabriella passa en mode « mystérieux monolithe de l'espace ». Ce qui réactiva Julie, jusque-là impassible.

— Tu n'as quand même pas l'intention de publier ça sur ton blog ? (Gabriella se contenta de l'observer.) Hé, arrête, c'est quoi, tes preuves ?

— Ouais, tu n'en as pas ! reprit Juliette.

— Exactement, et Chanin ne va pas se gêner. Il t'intentera un procès pour diffamation, ajouta Julie.

Gabriella était déçue. Salement. Elle s'était attendue à un conseil de guerre. Elle se retrouvait dans une réunion de trouillardes.

— Et puis d'abord, qu'est-ce qui nous prouve que Solveig voulait lui nuire ? réattaqua Juliette. Ou que Chanin a commandité son meurtre ? C'est un peu radical comme méthode pour un député !

— Il faut vous le dire combien de fois ? s'agaça Gabriella. Ses proches affirment que Solveig a eu une période de déprime. Ce type, croyez-le ou non, elle l'avait dans la peau.

— Ah, ça, je confirme, admit Noémie. C'était quasiment une maladie. Comme dans les livres.

— Bah oui, c'est ça, lâcha Juliette avec une grimace. Comme dans les livres, mais dans la vraie vie, ça finit plus souvent en eau de boudin qu'en feu d'artifices.

— Et puis, tu imagines Solveig montrer ses pirouettes sexuelles sur le Net, Gabriella ? ajouta Julie. Elle n'avait pas une vocation d'actrice porno que je sache.

— Je suis d'accord, reprit Noémie. Solveig prête à révéler son intimité sur le Net ? Non ! Ses vidéos fashion étaient très pudiques alors qu'avec son physique, elle aurait pu aguicher, genre un peu pétasse. Et puis diffuser une sextape, c'est un coup à perdre ses followers !

— Grâce au témoignage de Junio89, j'ai compris que Solveig n'avait pas froid aux yeux, argua Gabriella. Elle a accepté de tremper dans ses arnaques.

— Ah bon ? réagit Julie.

— Oui, ils ont fait des vidéos pour convaincre des pigeons de leur refiler leurs économies.

— C'est décevant, soupira Julie. Je ne la voyais pas comme ça...

— Oui, enfin, au bout d'un moment elle a arrêté. Pas lui.

— N'empêche, depuis que Solveig avait son projet de péniche, elle allait beaucoup mieux, précisa Noémie. Elle guérissait de son chagrin. Pourquoi elle se serait mise en danger ?

— Le danger, elle se l'est quand même pris en pleine poire, grogna Vlad.

Les filles se figèrent une seconde. La voix caverneuse du Roumain s'accrochait sans doute à leurs tympans.

— Et ben voilà, dit Gabriella. Je me tue à vous le dire.

— Ouais. Mais l'enquête clandestine faudrait quand même arrêter, ajouta Vlad.

— Oh non, tu ne vas pas t'y mettre toi aussi ! réagit Gabriella.

— Trop dangereux. Donne ça à manger aux flics.

Sur ce, l'aide-cuistot déploya sa grande silhouette. Quelqu'un venait de s'arrimer au bar et voulait être servi.

Gabriella le regarda s'éloigner de son pas nonchalant. Puis elle se tourna vers le trio féminin qui attendait son verdict.

— Bon, qu'est-ce que tu as décidé ? voulut savoir Juliette.

— Je vais réfléchir.

Juliette leva les yeux au ciel.

— Gabriella, je t'en prie, appelle Mathias, dit Julie avant de rejoindre Vlad.

— Je peux rester pour finir le roman que je dois chroniquer ? demanda Noémie. Mon voisin fait du boucan au-dessus de ma tête avec ses travaux. Et j'aime l'ambiance de la Sainte-Scolasse.

— Bien sûr, lui répondit Juliette. C'est un café, pas un club privé, ma grande ! Et puis tu as raison, l'ambiance est chouette. Même quand Gabriella fait la gueule.

— Je ne fais pas la gueule. Je réfléchis.

Juliette produisit une petite grimace et s'en retourna en cuisine. Noémie se plongea dans sa lecture.

Gabriella poussa un gros soupir et ressuscita son ordinateur.

Elle ouvrit un nouveau fichier et commença à mettre en ordre tout ce qu'elle avait appris. Au bout d'une demi-heure, elle dut se rendre à l'évidence. Elle pouvait rédiger une chronique au conditionnel et accuser Philippe de Chanin d'être lié d'une manière ou d'une autre à la mort de Solveig, mais ce texte ne servirait strictement à rien. Si ce n'était à lui attirer des ennuis inutiles. Les filles avaient raison : elle n'avait aucune preuve.

Que faire ? Oublier tout ça et se réatteler à la défense du climat ? Ou se creuser la cervelle à l'affût d'une stratégie ?

Elle ferma la coque de son ordi et saisit son smartphone posé sur la table. Elle appela Mathias et lui raconta ce qu'elle avait découvert. Et notamment le fait que Solveig avait eu une liaison avec Chanin et une altercation musclée avec l'un de ses proches, le très controversé Salva. D'après sa réaction, elle sut qu'il l'écoutait attentivement et prenait même des notes. Un bon point.

— On se voit ce soir ? lui dit-il.

— Ben dis-moi, ça t'intéresse follement cette enquête.

— C'est celle de la Crim'. Je suis à l'Antigang, souviens-toi.

— Je n'ai pas oublié ça.

— Et, avant toute chose, c'est toi qui m'intéresses follement.

Cette réplique valait bien un rendez-vous. Elle accepta sa proposition

***

Sa moto garée à proximité, Kazuo mangeait un bibimbap coréen dans un restau offrant une bonne vue sur l'hôtel de sa cible. Celle-ci n'était pas encore revenue auparavant. Il l'attendait.

Son boss lui avait dit : « Tu lui flanques la trouille de sa vie mais, cette fois, fais gaffe par pitié, évite de la buter. » Et puis quand il avait vu sa réaction, il lui avait balancé aussi sec qu'étant mouillé jusqu'au cou dans l'histoire de l'influenceuse, il n'avait pas « les moyens de s'offrir une rébellion. » Kazuo n'était pas certain d'avoir bien compris le message. Est-ce qu'il le menaçait de le dénoncer ? Ou carrément de l'éliminer en cas d'échec ?

Difficile de faire le tri. En plus, le boss l'avait regardé avec une tronche mélancolique. Comme un père en train de mettre en garde son rejeton.

Ce n'était pas la première fois qu'il capturait un regard ou une réflexion de ce genre chez le boss. Il n'était pas marié, il n'avait pas de môme. Ça lui manquait peut-être. De toute façon, Kazuo s'en foutait. Il avait déjà eu un père et ça lui avait largement suffi.

Je me suis fourré dans une ratatouille cosmique, songea-t-il.

Ce qui était gênant dans cette histoire, c'était qu'il devait une fois encore s'en prendre à une femme.

Il pensa aux cendres de sa mère qu'il avait dispersées illégalement dans la Méditerranée. C'était très moche par rapport à elle. Ça salissait son souvenir.

Mais si elle était encore de ce monde, que lui dirait-elle ?

***

Il était 22 h 35. Mathias et Gabriella sortaient du restaurant. Il lui proposa d'aller chez lui. Elle accepta. Il y avait un gros avantage à se rendre à son domicile plutôt qu'à son hôtel. Elle partirait quand elle le voudrait et ne serait pas obligée de le flanquer dehors s'il voulait passer la nuit.

Mathias voulait *toujours* passer la nuit.

Après des ébats d'une excellente qualité, ils se retrouvèrent blottis l'un contre l'autre à discuter de tout et de rien. Et puis de l'affaire.

— Ça a intéressé la Criminelle, mes infos ?

— Oui.

— Ils vont faire quelque chose ?

— Ils feront ce qu'ils pourront, j'imagine.

— J'ai beau coucher avec toi, je n'obtiens rien en échange.

— Tu avais plutôt un air satisfait tout à l'heure.

— Prétentieux. Je simule très bien, en réalité.

— Menteuse.

Jeudi 8 février

Son smartphone lui annonça qu'il était 2 h 48. Gabriella le rempocha en se promettant de remplacer son écran fissuré à la première occasion.

Elle introduisit sa carte magnétique dans la serrure, se glissa à l'intérieur de sa chambre et alluma l'entrée. Pour une fois, débarquer dans un endroit aussi impersonnel après des heures passées chez Mathias lui sembla quelque peu étrange.

Mais au moins, ici, je fais uniquement ce que je veux et quand je le veux, songea-t-elle.

Elle enleva ses boots, jeta son blouson sur son lit, puis sortit son ordinateur de son sac et le déposa sur la petite table installée à côté du bar, sous le mini-téléviseur. Se conjuguant au mouvement du trafic, les lumières de la rue dessinaient des arabesques sur le mur.

Elle jeta un coup d'œil à son fidèle outil de travail. Tous les détails de ce qu'elle était tentée d'appeler « l'affaire Solveig » y dormaient. Et ils n'en sortiraient peut-être jamais.

Ses potes de la Sainte-Scolasse avaient sans doute raison. Elle avait fait son possible. De plus, les collègues de Mathias ne semblaient pas s'intéresser à Juliette. Il n'y avait donc plus péril en la demeure.

Il est temps pour moi de m'offrir une bonne douche bien chaude.

Elle se débarrassa de son pull, de son jean et de ses chaussettes.

Alors qu'elle s'apprêtait à enlever sa culotte, une odeur l'interpela. Une odeur médicamenteuse. La femme de ménage de l'hôtel avait-elle changé de produit ?

Une alerte résonna dans sa conscience. Au même instant, elle entendit un chuintement dans son dos. La porte en accordéon de la penderie venait de coulisser.

Gabriella fonça sur son sac entrouvert, saisit son couteau de para et se retourna.

Elle découvrit un homme cagoulé, debout dans l'entrée. On ne voyait que ses yeux. Des yeux bizarres. Il empoignait une arme. Ses mains étaient gantées.

L'inconnu fonça sur elle, un bras en avant.

Gabriella s'écarta au dernier moment. Elle attaqua, mais son couteau ne trancha que le vide.

Son assaillant revint à la charge. Un éclair crépita. Une décharge enflamma le dos de Gabriella, qui ravala un cri, serra les dents et planta sa lame dans ce qu'elle put. Au jugé, le bras gauche du type. Celui-ci avait poussé un geignement bref. Une plainte habitée par la douleur et la surprise.

Le gars récidiva aussitôt avec une nouvelle décharge. Gabriella recula vivement. Il l'avait ratée cette fois.

Son agresseur s'immobilisa pendant un dixième de seconde, puis décida de foutre le camp.

Il cavala vers la porte, l'ouvrit et se projeta dans le couloir.

Elle le prit en chasse dans l'escalier.

Il était faiblement éclairé, mais elle put voir le salopard de dos, en train de courir comme un dératé. Il portait un trench beige. Une tache de sang marbrait la manche gauche.

La chambre étant au second, ils furent vite au rez-de-chaussée.

— Arrêtez-le ! beugla Gabriella au gardien de nuit.

L'employé se redressa d'un bond, mais resta

planté derrière la réception. L'agresseur avait déjà passé la porte vitrée de l'hôtel et filé sur la droite. Gabriella, qui n'avait pas lâché son couteau, se lança à sa poursuite.

L'homme fonçait dans la rue, sous la pluie battante. Un couple arrivait face à lui. Ils s'écartèrent au dernier moment. Ahuris, ils regardèrent Gabriella, en culotte et débardeur, lancée à toute blinde malgré ses pieds nus, les dépasser à son tour.

En dépit de sa blessure, le type courait comme un sprinteur. Elle tint bon sur environ deux cents mètres, puis déclara forfait. Elle finit le corps cassé, les mains arrimées aux genoux, à cracher ses poumons. Ses voûtes plantaires étaient en feu.

– *¡Hijo de puta!* jura-t-elle avant de revenir sur ses pas.

Quand elle franchit de nouveau la porte de l'hôtel, l'employé, blanc comme une première neige, était en train d'appeler la police.

Elle lui demanda un double de sa carte magnétique. Elle avait entendu la porte claquer sur elle quand elle s'était mise en chasse de son agresseur. Il la lui donna d'une main tremblante en poursuivant son échange avec le préposé du commissariat.

Gabriella remonta dans sa chambre, vérifia que personne d'autre ne se planquait dans le placard ou la salle de bains et s'assit sur son lit.

Son cœur battait à tout rompre.

Ce qui ne l'empêchait pas de réfléchir. Ce type était méchamment entraîné.

C'était le genre susceptible de torturer une jeune femme sur une péniche. D'ailleurs le légiste saurait dire si son corps portait des traces de taser.

L'agresseur de Solveig n'était pas juste une très mauvaise rencontre ou un maniaque.

C'était désormais absolument certain. On avait affaire à un pro. Et qui avait voulu obtenir quelque chose de l'influenceuse. La question était de savoir s'il y était parvenu.

Elle appela Mathias. Et ne fut pas surprise de le réveiller.

— Je crois que j'ai énervé quelqu'un, lui dit-elle avant de lui expliquer ce qui venait de se passer.

Elle lui demanda si l'autopsie avait eu lieu. Savoir comment Solveig avait été maltraitée était de première importance.

Il l'interrompit.

— J'arrive, dit-il.

— Pour quoi faire ?

— Je sais ce que tu vas me dire. Tu peux te débrouiller seule. Tu ne crains personne. Je connais tes répliques par cœur, Gabriella, ça ne marche pas avec moi.

— Non, reste où tu es.

— J'arrive, je te dis.

— Tu ne sais même pas où est mon hôtel.

— Si on se fie à ce qui vient de se passer, trouver où tu loges n'est pas bien difficile.

Elle l'entendait fourrager dans ses affaires. Elle l'imaginait en train de se rhabiller à la vitesse de l'éclair, son téléphone plaqué sur l'oreille.

— Je te répète que c'est bon.

— Tais-toi.

— Si tu viens, je te quitte.

— On est ensemble ? Première nouvelle.

Et il lui raccrocha au nez. Un instant, elle songea à faire sa valise et se barrer immédiatement. Mais il était 3 h 21. Ce n'était pas une heure idéale pour se chercher un nouvel hôtel. Et les flics du commissariat local allaient arriver. Ils ne comprendraient pas qu'elle joue les filles de l'air. Et ça lui créerait des ennuis.

Elle se rhabilla et attendit.

Mathias débarqua quinze minutes plus tard. Il annonça avoir croisé ses collègues du commissariat local dans le hall, occupés à prendre la déposition du gardien de nuit. Il avait discuté brièvement avec eux, et s'était présenté comme son petit ami.

— Ça nous fera gagner du temps.

— Eh oui, ils risquent de réagir comme moi. Et de se demander ce que tu fais là.

— Très drôle. Surtout venant d'une fille qui pense que son agresseur est le tueur de Pantin. Tu te rends compte dans quoi tu as foutu les pieds ?

Avant qu'elle ait le temps de répliquer, les collègues de Mathias s'annoncèrent à la porte.

Les deux flics en uniforme avaient fait leur job. L'un avait pris la déposition de Gabriella. L'autre avait délaissé les relevés d'empreintes — l'agresseur portait des gants —, mais réalisé des prélèvements d'ADN. Si celui de l'inconnu dormait dans un fichier quelconque, on le saurait assez tôt.

Pour le moment, Mathias et elle roulaient en direction du domicile de ce dernier.

Ça veut dire que je vais passer la nuit chez lui, se dit-elle en se mordillant les lèvres.

C'était la première fois qu'elle dormirait une nuit entière chez un homme. Elle n'aimait pas du tout cette idée, sa liberté lui semblait amochée.

Mathias devait avoir des petites antennes, il lui annonça qu'il lui donnait son lit et dormirait sur le canapé.

— Non. On fait l'inverse.

— D'accord, dit-il en levant les mains en signe de reddition.

Ce mec est trop gentil, c'est assommant, se dit-elle en se déshabillant avant de se coucher sur le canapé. Étroit, et inconfortable. Mais Mathias avait prévu une couette. Elle s'emballa dedans.

Elle revit l'ombre. Debout dans l'entrée de sa chambre d'hôtel. D'après le gardien de nuit, personne n'avait piqué de clé magnétique durant la nuit. C'était une déclaration à prendre avec des pincettes. Si ça se trouvait, il dormait comme une pierre et l'autre salopard s'était servi sans le réveiller.

Une chose était certaine, quelle que soit sa méthode ce type s'était glissé efficacement dans sa chambre. Et il était déterminé à la maltraiter aussi efficacement. Coup de chance, elle avait réussi à le trancher d'emblée.

Elle remonta la couette jusque sous son nez. Cette couette sentait bon. Une odeur de lilas synthétique.

Soudain, elle se redressa dans le noir.

Il y avait un détail qu'elle avait oublié de communiquer à Mathias.

Elle alla frapper à la porte de sa chambre.

— Entre, dit-il.

Elle se planta au bord de son lit et attendit que ses yeux s'habituent à la lumière des lampadaires de la rue qui filtrait à travers les lattes du volet métallique.

Mathias s'était accoudé, sa tête reposait dans la coupe formée par sa main droite.

— Ce type... commença-t-elle.

— Oui ?

— Il dégageait une odeur bizarre.

— Mais encore ?

— Je ne sais pas trop. Celle d'un truc dont les sportifs se badigeonnent.

— Quand ils ont les muscles endoloris ?

— C'est ça.

— On peut s'offrir une descente dans tous les clubs de sport d'Île-de-France, dit-il d'une voix amusée.

— Ça te fait rire ?

— Non. Mais ça ne me fait pas pleurer non plus.

— OK. Bonne nuit.

Gabriella pensa que le timing était parfait pour repartir d'où elle était venue Elle s'éternisa quelques secondes de trop.

Mathias prit doucement son poignet. Elle songea à se dégager.

Et changea d'avis.

Chapitre 9

La crise de romantisme, ça va bien cinq minutes ! se dit Gabriella en marchant en direction du métro. Elle avait décidé de s'évaporer avant le petit déjeuner.

La nuit précédente, Mathias avait convenu que son agression à l'hôtel et l'apparition du duo Chanin/Salva dans le paysage avaient « une petite chance » d'être liées. Il devait en informer la Crim'.

Gabriella n'avait rien contre les gars de cette brigade. Ils feraient leur boulot à leur guise, et elle était même prête à leur raconter tout ce qu'elle savait et imaginait. En revanche, cette fois, cette embrouille était devenue personnelle.

Quelqu'un avait mandaté ce tueur pour qu'il lui fasse son affaire parce qu'elle se mêlait de ce qui ne la regardait pas. Question dissuasion, ils avaient choisi la pire des méthodes. Désormais, elle était déterminée à savoir qui était derrière ce sac de nœuds. Et ce qu'il cachait.

Pour autant, elle n'avait pas oublié le conseil de Pedro : « La peur est ton amie. Parce qu'elle te rappelle, au cas où ça t'aurait échappé, que tu n'es pas invincible. »

Gabriella se l'avouait. Hier, quels que soient les commanditaires de l'agression, ils avaient réussi à lui flanquer la trouille. Sans son entraînement au maniement des armes blanches, elle ne s'en serait pas sortie. Le type l'aurait exténuée au taser avant de lui faire la peau.

Aux petites heures de l'aube, alors que Mathias

dormait paisiblement à ses côtés, elle en était arrivée à une conclusion limpide : soit elle se mettait au vert quelque part en attendant que les choses se tassent, soit elle contrattaquait vite et bien, c'est-à-dire avant que ces bâtards ne remettent le couvert.

Elle hésitait encore. En réalité, sa décision dépendrait de la réaction d'un allié éventuel.

La station Arts et Métiers était en vue. Elle accéléra le pas.

***

Kazuo se traîna hors de son lit et s'observa dans le miroir de la salle de bains. Ses yeux n'étaient plus rougis. Les microbes étaient sous contrôle, la fièvre l'avait lâché. Elle s'était amusée avec lui la nuit durant en lui offrant une série de cauchemars tous plus crétins les uns que les autres. Il lui en restait des bribes.

Il souleva son pansement et vérifia l'état de son bras gauche. Ça allait à peu près. La veille, il s'était désinfecté et avait recousu la blessure que cette femme lui avait infligée. Depuis, il ne cessait de s'interroger à son sujet.

Elle était méchamment entraînée au combat à l'arme blanche. Et semblait avoir un tempérament en béton.

Jamais il n'avait été confronté à une telle adversaire.

Cette fille se battait et résistait avec tout ce qu'elle avait dans les tripes. Il avait perçu sa peur, mais aussi son courage.

Son smartphone vibra sur le lit. Pour une fois, il avait mis la sonnerie sur *off*. Sans nouvelles de lui, son boss s'impatientait. Logique.

Il lui avait laissé une dizaine de messages. Mais Kazuo ne voyait pas comment lui annoncer son échec.

Peut-être que le boss lui pardonnerait. Malgré ses convictions délirantes, ce n'était pas un mauvais bougre. C'était même un type sentimental. Mais on ne pouvait pas en dire autant de son poulain. Et du sbire de ce dernier avec sa tronche de légionnaire endurci.

Il se connecta sur son compte en banque. Ses économies s'élevaient à quinze mille euros. Il y a deux ans, il avait réglé sa dette négociée avec ses anciens employeurs marseillais pour qu'ils acceptent de le lâcher. C'était cher payé, mais il n'avait pas eu le choix, sinon ces types l'auraient buté sans cérémonie.

Avec ce qui lui restait, il pouvait partir au Japon et subvenir à ses besoins quelque temps, mais il aurait du mal à se payer des faux papiers. Il lui en fallait pourtant. Si la police japonaise découvrait l'identité de sa mère, il ne ferait pas long feu sur le territoire.

Il réfléchit.

Mieux valait se barrer plus tôt que prévu. De l'argent, on en trouvait toujours. Il parlait assez bien la langue, il se débrouillerait une fois sur place. L'occasion de gagner sa vie aussi correctement qu'ici ne se présenterait sans doute plus, mais mieux valait travailler dans une supérette ou sur un chantier que de finir le corps truffé de balles ou au fond de la Seine.

Il entreprit de s'habiller tout en pensant à ce qu'il mettrait dans sa valise.

Une fois son bagage prêt, il alla sur le balcon. La vue sur Paris était belle. Est-ce que cette ville lui manquerait ? Non, peut-être pas.

Il souleva le gros bambou en pot. L'enveloppe hermétique apparut, des gouttes produites par la condensation s'attardaient sur sa peau argentée.

Il s'accroupit et la saisit. Et fut immédiatement en alerte.

L'enveloppe était plus maigre qu'elle ne l'aurait dû.

Il essuya ses mains sur son pantalon de pyjama, ouvrit l'enveloppe et regarda à l'intérieur. Son passeport avait disparu. À la place se trouvait un bristol beige rectangulaire. Avec un message manuscrit.

Il reconnut la grande écriture un peu clinquante de son patron.

« Si jamais tu voulais partir en vacances, n'hésite pas à venir me voir. »

Kazuo se redressa et ferma les yeux.

Un instant plus tard, il les rouvrit.

Cet enfoiré, beaucoup plus retors que prévu, n'avait jamais cessé de le tenir en laisse.

***

Gabriella descendit à la station Père-Lachaise. C'était tout à fait le genre du Poulpe d'établir ses quartiers non loin d'un cimetière alors même qu'il prétendait être devenu un croulant infréquentable. La soi-disant proximité de la Mort lui donnait une excuse en or pour fuir ses anciens potes et se la couler peinard. Il avait simplement émigré de l'autre côté du boulevard de Ménilmontant, et quitté le $11^{\text{ème}}$ arrondissement pour le $20^{\text{ème}}$.

Le troquet où il avait désormais ses habitudes se nichait rue de la Bidassoa.

Elle poussa la porte de l'établissement et observa un instant la scène qui s'offrait à ses yeux. Gabriel Lecouvreur était occupé à taper le carton avec un trio de papis.

De profil par rapport à elle, il ne pouvait pas la voir.

Elle s'installa au comptoir, commanda un café et kidnappa l'un des croissants qui attendaient le chaland dans une corbeille métallique recouverte d'une serviette en papier à carreaux.

Elle attendit. Au bout d'un moment, elle décida même de consommer un second croissant graisseux, alors même que les viennoiseries de la Sainte-Scolasse gagnaient haut la main le match avec celles de ce troquet. La partie s'éternisait. Gabriella eut le temps de vérifier que le look de son ex-mentor ne s'était pas amélioré depuis leur dernière rencontre. Il portait un pantalon brun délavé, qui n'avait jamais croisé une planche à repasser, et un pull bleu marine qui parvenait à être flottant malgré la taille sérieuse du bonhomme.

À le regarder comme ça, on peinait à croire qu'il représentait un renfort de premier choix. Et pourtant, c'était vrai. Mais pour s'en convaincre, il fallait être un peu au courant de sa folle jeunesse. À la fin des années 70, Gabriel Lecouvreur avait eu des ennuis avec la justice. Son idée de braquer une librairie vendant exclusivement des ouvrages d'extrême-droite n'avait pas été la plus brillante de son existence. Elle était à mettre sur le coup d'un activisme politique qu'on pouvait qualifier de débridé. Comme il faisait alors son service militaire, l'initiative lui avait valu d'être envoyé dans un régiment disciplinaire. Une situation présentant un seul aspect positif : celui qu'on surnommait le Poulpe, à cause de ses bras envahissants et de ses longues jambes lourdaudes, avait acquis une belle expérience du maniement des armes. Il ne fallait pas se fier à son allure, en cas de besoin, il savait se montrer un adversaire redoutable.

Gabriella soupira en continuant de mastiquer. Elle n'était pas du genre à gâcher une partie de belote. Autant éviter les crimes de lèse-majesté.

Arriva le moment où Gabriel Lecouvreur eut besoin de se soulager la vessie. Il déploya sa grande silhouette et se tourna vers le comptoir.

Leurs regards se croisèrent et elle ne sut pas comment lire le sien.

Peut-être regrettait-il de ne pas avoir acheté un aller simple pour Ouagadougou ou Oulan-Bator. La rumeur disait qu'il avait la bougeotte de plus en plus facile et de plus en plus internationale.

Il lui balança un petit sourire en coin et daigna aller s'accouder au bar en sa compagnie.

— Ne me fais pas tes yeux noirs, je n'ai pas interrompu ta partie.

— Tu es très polie, ma puce. C'est bien.

— Ça va, toi ?

— Mouais. Tu as des ennuis ?

— Qu'est-ce qui te fait dire ça, Gabriel ?

— Ma casquette, dit-il en la tapotant d'un doigt. La très vieille casquette d'un très vieux bonhomme qui a vu du pays et sait comment ça fonctionne dans ta jolie tête butée.

Et c'était reparti pour le numéro du croulant garé des voitures. Mais ça ne fonctionnerait pas cette fois.

Il en rajouta tout de même une couche en la suppliant de lui autoriser un détour par les toilettes avant la reprise de leur conversation.

— Tu comprends, ma prostate a décidé de prendre beaucoup de place dans ma vie, elle a doublé de volume.

En attendant, il commanda deux tartines beurrées et un café allongé.

Lorsque son interlocuteur fut de retour, Gabriella se lança dans son récit en commençant par la fin. L'agression dans l'hôtel. Le tueur qui voulait l'électrocuter. Elle remonta ensuite lentement et précisément dans le temps. À la fin, il fut question d'une péniche qui flottait sur le canal de l'Ourcq avec le cadavre d'une jeune fille à l'intérieur.

Au fil de sa narration, les yeux du Poulpe s'étaient chargés de brume et son sourire s'était tordu à plusieurs reprises.

— Eh bien, tu as vraiment des ennuis, Gabriella. J'avais raison.

— Ouais, ta casquette disait vrai.

— Bon, je vais être ton Sancho Pansa et tu seras mon Don Quichotte. Mais pas trop longtemps, hein ?

Elle lui décocha un sourire rapide. Elle avait gardé le meilleur pour la fin. Parce qu'elle connaissait son public.

C'était le moment de larguer un petit scud dans la conversation, l'air de rien, en passant, avec une voix pleine de douceur :

— Solveig avait un amant. Très peu de gens savent qui est cet homme. Moi, je fais partie des initiés. Il s'appelle Philippe de Chanin.

Gabriel reposa sa tartine sur sa serviette en papier. Ses pupilles prenaient un étrange éclat. Du genre minéral.

— On commence quand ?

Chapitre 10

Cinq jours plus tard
Lundi 12 février

Par prudence, Gabriella s'enregistrait chaque nuit dans un hôtel différent. Avant d'y pénétrer, elle surveillait ses arrières avec une prudence de Sioux, puis s'endormait un fauteuil poussé devant la porte et son couteau sous l'oreiller. Jusqu'à présent, bonne nouvelle, personne n'avait réessayé de la trucider.

Pour le moment, le Poulpe et elle surveillaient les allées et venues du député Philippe de Chanin. Ils planquaient devant le siège de son parti, rue Lecourbe, dans le 14ème arrondissement. Leur couple était attablé à la terrasse d'un bar-tabac, sur l'autre trottoir. Afin de rappeler à sa partenaire qu'il produisait d'énormes efforts pour elle, Gabriel avait fait un peu de cinéma. Et annoncé sa crainte de « refroidir sa vieille carcasse ». Gabriella, quant à elle, en avait profité pour s'allumer un petit cigarillo.

— Ça ne remue pas des masses, commenta son compagnon.

— Pas faux.

— Je crois que je commence à m'enquiquiner. (Il écrasa un bâillement.) J'en suis arrivé au stade où je préfèrerais assister aux meetings foireux de Chanin plutôt que de mater cette façade.

— Les meetings, c'est pas pour tout de suite, répliqua Gabriella.

— Ah ouais ?

— La campagne pour les Européennes n'est pas encore lancée.

— Ça démarre quand ?

— Dans un mois à peu près.

— J'espère bien qu'on aura pécho avant ça, ma puce !

— T'as raison, c'est pas palpitant.

Depuis leurs retrouvailles, leur duo filait le politicien grâce à une moto de location, qu'ils pilotaient tour à tour. En réalité, Gabriel confiait volontiers le guidon à sa partenaire. « C'est plus de mon âge, les gymkhanas, ma puce ! »

Pour ne pas se faire repérer d'un jour sur l'autre, le Poulpe avait ressorti ses déguisements de son placard parfumé à la naphtaline. Aujourd'hui, il était travesti en Georges Moustaki. Perruque blanche, barbe assortie et étui à guitare. Gabriella avait fait plus simple. Sa chevelure – la partie la plus voyante de sa physionomie – était cachée sous un bonnet de laine noir, son visage était mangé par de grosses lunettes à faux verres correcteurs et elle portait une parka kaki à la Michel Houellebecq qui gommait ses formes.

Chanin déjeunait et dînait systématiquement en ville, et depuis que Gabriella et Gabriel avaient entamé leur surveillance, il avait siégé une fois à l'Assemblée nationale. Au fil des heures, il rencontrait tout un tas de gens mais, jusqu'à présent, Salva, le complotiste et influenceur politique pointé par Junio89, ne faisait pas partie du lot. Quand Chanin émergeait de son domicile ou du siège de son parti, il était véhiculé par un sexagénaire râblé en costume sombre. Dès le départ, Gabriella s'était demandé s'il s'agissait du type qui l'avait agressée. La silhouette correspondait à peu près. Et elle continuait de se poser la question en guettant l'opportunité de vérifier.

Dix minutes plus tard, ce moment arriva. Le chauffeur sortit de l'immeuble pour se diriger vers le bar-tabac. Gabriella fit mine de surfer sur son smartphone, Gabriel plongea le nez dans *Le Parisien*, son quotidien favori.

L'homme se glissa dans la file des acheteurs de clopes. Gabriella se leva et se plaça derrière lui. Elle fit semblant de trébucher et lui empoigna le bras gauche comme si elle tentait de garder l'équilibre. Le gars réagit normalement. Il l'aida à se remettre d'aplomb.

Il n'avait pas souri. En revanche, ses yeux s'étaient plantés dans ceux de Gabriella. Bordés de larges rides, ils étaient aussi chaleureux qu'un coup de trique, mais ils ne recelaient pas l'étrangeté de ceux du type au taser.

De plus, le chauffeur de Chanin n'avait ni grimacé ni gémi.

Moralité, ce n'était pas l'individu qu'elle avait blessé au couteau.

Elle rejoignit le Poulpe et l'informa.

— Dommage. Ce gorille est salement vintage, dit-il.

— Hein ?

— C'est un vieux schnoque, comme moi. Mais s'il travaille encore, c'est qu'il a un talent spécial. Méfiance.

— Ah, oui. Ta théorie se défend.

— Pour le moment, on continue de prendre notre mal en patience, soupira-t-il.

— Chante-nous *Le Métèque* à la guitare, ça nous divertira.

— Mon étui ne contient pas de guitare.

— OK.

La situation s'améliora en soirée.

Dans un premier temps, Gabriella récupéra des infos de Mathias. Il l'appela pour lui dire que l'autopsie de Solveig avait eu lieu. Son agresseur lui avait infligé un interrogatoire à coups de marteau sur les mains. Ce qui expliquait les taches de sang près du corps. La mort avait été provoquée par l'emploi répété d'un taser. Souffrant d'une cardiopathie congénitale, elle avait succombé « à la décharge de trop ». Mathias en était arrivé à la même conclusion que Gabriella : l'homme qui l'avait agressée à son hôtel était bien l'assassin de l'influenceuse.

Dans un deuxième temps, il y eut du mouvement question planque. Chanin se fit conduire dans le 17ème arrondissement.

Le duo Gabriella/Gabriel le prit en chasse. Le chauffeur du politicien le largua devant un restau de la place du docteur Félix Lobligeois et s'en alla, probablement à l'affût d'une place où se garer. Gabriella et le Poulpe se postèrent sur l'un des bancs publics bordant Sainte-Marie des Batignolles. Le pourtour de l'église étant assez pourvu en lampadaires, ils choisirent l'endroit le moins éclairé.

Bientôt, Salva fit son apparition, clope au bec. Il arrivait de la rue Boursault, escorté par un jeune homme au visage froid et aux courts cheveux noirs. Mains enfoncées dans les poches de son trench, il scrutait la rue au fil de leurs pas.

Gabriella donna un petit coup de coude au Poulpe.

— Je crois que c'est lui...

— Celui qui t'a agressé ?

Salva jeta négligemment sa clope. Gabriella vit des étincelles en jaillir lorsqu'elle toucha le pavé. L'influenceur s'adressa à son accompagnateur d'un air désagréable. L'autre garda le silence. Salva pénétra dans le restau. Le jeune resta planté devant la vitrine quelques secondes en scrutant l'intérieur, puis marcha en direction du square qui se trouvait à l'arrière de l'église. Gabriella put l'observer de dos. Nuque solide, épaules d'autant plus larges comparées à la finesse de sa taille... C'était cette silhouette qu'elle avait coursée. Seul changement, cette fois le trench n'était pas beige mais gris foncé.

Le type s'assit sur un banc.

— Aucun doute, c'est bien cet homme, dit-elle.

Leur but était de lui soutirer des infos au sujet de Solveig. Et de les enregistrer avant de le mettre hors d'état de nuire. En appelant Mathias, par exemple. Ils avaient prévu de la bande adhésive et des Serflex.

Ils n'auraient pas de meilleure occasion. Mais il fallait faire vite. Le chauffeur-gorille de Chanin rappliquerait d'un moment à l'autre. Gabriella jeta un coup d'œil vers le square.

— Il est sûrement fermé à cette heure-ci, dit Gabriel comme s'il lisait ses pensées.

— On va quand même entraîner ce mec vers l'obscurité des arbres.

— D'accord.

Gabriel fit émerger une matraque télescopique de son étui à guitare.

— Astucieux comme boîte à outils.

— Oui, j'en suis assez content.

Ils s'approchèrent sans bruit du banc où patientait l'homme. Celui-ci se tenait immobile, et droit comme un I.

Gabriel déploya sa matraque et se campa devant lui. Gabriella se posta derrière le banc.

Le gars n'avait pas réagi. Il se contenta de lever son regard vers la haute silhouette dégingandée du Poulpe.

— C'est toi qui as tué Solveig ? demanda Gabriella dans son dos.

— Ah, la femme au couteau, répliqua tranquillement l'autre. Tu es revenue. Ça fait un moment que je te cherche.

— Super, tu m'as trouvée. Sors les mains de tes poches. Lentement.

Il obéit.

Elle vint se placer devant lui. Et vit enfin son visage de près. Ses yeux étaient bel et bien étranges. Leurs iris étaient d'un gris si clair qu'il se confondait presque avec le blanc de ses globes oculaires. On aurait pu le prendre pour un aveugle.

— Lève-toi. Marche vers le square.

Il obtempéra. Leur trio fut bientôt dans l'ombre des grands arbres qui bordaient le square désert.

— Retourne-toi.

Il fit ce qu'elle demandait.

Ils s'observèrent. Elle s'attendait à fixer un visage froid, insensible. Mais ce ne fut pas le cas. *Ce mec a l'air chagriné... ?* N'empêche, elle avait une franche envie de lui refaire le portait. Malheureusement, ce n'était pas le moment.

Le regard du gars descendit vers les mains de Gabriella. Elle venait de mettre son smartphone en mode enregistreur. Ça ne sembla pas le rebuter. Elle pensa qu'il fallait redoubler de prudence. Le calme olympien de ce type était aussi inattendu que suspect.

— Je te dirai ce que je sais à propos de Solveig. Mais je veux quelque chose en échange.

— Quoi donc ?

— Mon passeport. Salva le détient. Il faut que je le récupère.

— Pour te barrer.

— Eh oui. Voilà, c'est le deal.

— Un peu pourri comme deal, si tu veux mon avis.

— Réfléchis bien. Je ne suis qu'un pion. Tu veux Salva et Chanin ? Alors tu dois me faire confiance.

— Et tu veux quitter ton patron, parce que...

— Parce que j'en ai ma claque. Il m'a ordonné de te flanquer la trouille de ta vie. Mais je n'en avais pas envie.

— Ça ne s'est pas vu.

— C'est pourtant la vérité.

— Tu prétends que tu n'avais pas l'intention de me buter ?

— Je ne mens pas. Écoute, on n'a pas toute la nuit. Il faut qu'on aille chez Salva *maintenant*. Chanin a une sorte de gladiateur à son service.

Le Poulpe et Gabriella échangèrent un regard. Il hocha imperceptiblement la tête. Elle pencha la sienne sur le côté, jaugea encore le visage de leur interlocuteur et décida que le mieux était d'aller dans son sens pour le moment. Quelque chose dans son expression donnait envie de penser qu'il parlait vrai.

Quinze minutes plus tard, un taxi les déposait rue Caulaincourt dans le 18ème. Pendant le trajet la conversation avait été rudimentaire. Gabriella avait voulu connaître le nom de ce type. Il lui avait dit se prénommer Kazuo. Encore une info qui sonnait authentique. Ses traits légèrement asiates et le crin noir de sa chevelure révélaient qu'il était métis.

Il composa le code de l'immeuble et ils prirent l'ascenseur jusqu'au quatrième. Gabriella respira les mêmes effluves que ceux qu'elle avait identifiés dans le taxi. Une odeur de camphre. Et, plus précisément, celle de l'onguent que Pedro aimait bien utiliser pour calmer les piqûres de moustiques quand ceux-ci pullulaient dans la prison de La Paz en été.

La curiosité fut la plus forte.

— Pourquoi est-ce que tu te badigeonnes de Baume du tigre ?

— À cause de ma mère, dit-il. Elle m'en mettait quand je m'étais fait mal. Je poursuis la tradition.

Sa voix s'était chargée d'une certaine tendresse. *Un tueur qui chérit sa maman, on aura tout vu*, songea Gabriella.

L'ouverture de la porte se présentait mal. Elle était blindée, et Gabriella eut beau agiter la radio de la hanche défunte du Poulpe dans l'embrasure, ce fut un échec.

— Tu travailles encore avec ce vieux bidule, s'étonna celui-ci.

— Oui, c'est ma seule photo de famille, ricana-t-elle.

— Ça ne va pas le faire.

— J'en ai peur.

Gabriel annonça tranquillement qu'il avait une solution. Cette fois, il fit émerger un ouvre-porte hydraulique compacte de son étui à guitare.

— Comment tu y as pensé ? s'émerveilla Gabriella.

— Depuis le début, on cherche des preuves, non ? En général, elles ne se planquent pas à l'air libre.

Ils pénétrèrent dans un appartement spartiate. En fait, le domicile de Salva ressemblait à un grand bureau.

Ça faciliterait la fouille. Ils se répartirent le travail.

Au bout de dix minutes, il fallut se rendre à l'évidence. Le passeport de Kazuo ne pouvait se trouver que dans le petit coffre encastré dans le mur du salon, derrière un tableau abstrait. Un choix de cachette qui ne brillait pas par son originalité.

Gabriel avait trouvé une réserve à outils. Il attaqua le coffre à la perceuse. L'opération risquait d'ameuter les voisins, mais on n'avait pas le choix. Le « gladiateur de Chanin » pouvait rappliquer d'une minute à l'autre.

Dix longues minutes plus tard, la serrure du coffre céda dans un dernier rugissement de métal. Le passeport était bel et bien à l'intérieur. Il tenait compagnie à des liasses de billets, à des documents et à un flingue. Gabriel n'hésita pas. Il empocha le passeport. Après avoir vérifié si l'arme, un Beretta couleur inox, était chargée, il s'en empara également.

— On se barre ! annonça-t-il.

Ils ressortirent à toute allure de l'appartement. Apparemment, les voisins ne trouvaient rien à redire au boucan occasionné. Du moins pour le moment. Le plus prudent était de prendre l'escalier.

Gabriella demanda à Kazuo de marcher en tête. Le Poulpe assurerait leurs arrières. Gabriella remit son téléphone sur enregistreur. Ils entamèrent leur descente.

— Alors, Solveig ? dit-elle. C'est toi qui l'as éliminée ?

— Oui, admit Kazuo. Je voulais juste obtenir quelque chose d'elle. En fait, son cœur a lâché. Un coup de taser de trop...

Jusque-là, il disait vrai. Gabriella se souvenait des infos communiquées par Mathias au sujet de l'autopsie. Solveig souffrait d'une faiblesse cardiaque congénitale.

— Elle non plus tu n'étais pas censée la buter ?

— Non. Et c'était la première fois que je tuais une femme... Je me suis senti horriblement mal...

— Ouais, bon, je te psychanalyserai une autre fois. Raconte-moi plutôt pourquoi tu devais la faire parler.

— Mon patron ne me donne pas les détails, mais...

Il confirma que Solveig avait été la maîtresse de Philippe de Chanin. Après leur rupture, elle était parvenue à obtenir du politicien une dernière rencontre. Un smartphone était planqué en bonne place. Il lui avait permis de filmer leurs ébats. Un peu plus tard, elle avait menacé Chanin de balancer la vidéo sur les réseaux sociaux.

— Un chantage… En échange de quoi ?

— Je ne sais pas. Encore une fois, mon patron ne me dit pas tout.

Gabriella pensa que le risque que cette diffusion enflamme la blogosphère et bousille la carrière de Philippe de Chanin était effectivement élevé. Personne n'avait oublié l'histoire de ce candidat à la mairie de Paris qui s'était fait torpiller par la diffusion d'une vidéo intime. La sextape devait s'autodétruire au bout de quelques secondes, mais l'amante avait réussi à la copier avant qu'elle disparaisse.

— Et tu as récupéré cette mission à la place du vieux gladiateur. Pourquoi ?

— Je ne sais pas non plus. Mais je devine. Mon patron est prêt au pire pour Chanin. Non seulement, il l'admire, mais il veut profiter de son ascension politique. Alors, il lui rend des services. Et ça évite à Chanin de se mouiller directement.

Cette démonstration ne manquait pas de logique. Gabriella n'avait pas l'impression que ce type essayait de l'enfumer.

— Elle est où, cette vidéo ? demanda-t-elle.

— Aucune idée.

— … C'est pour ça que tu as interrogé Solveig ?

— Oui.

— La vidéo n'était pas planquée à bord de la péniche ?

— Non.

— C'est toi qui as embarqué son smartphone ? Les flics ne l'ont pas retrouvé.

— Rien ne t'échappe. Tu es une privée ?

— T'occupe. Alors ?

— J'ai regardé le contenu de son smartphone. Il n'y avait rien. Du coup, je l'ai jeté à la Seine.

Gabriella se souvint des déclarations de Monique au domicile des deux influenceuses et de Laurent. D'après la comptable, la tablette et l'ordinateur de Solveig n'étaient plus dans le tiroir de son bureau.

— La vidéo n'était pas chez Solveig non plus… Tu as fouillé l'appartement.

— C'est ça. J'avais pris ses clés dans son sac.

Ils étaient arrivés au rez-de-chaussée. Gabriel annonça qu'il allait jeter un œil aux alentours. Il sortit prudemment. Et revint annoncer que la voie semblait libre.

Ils émergèrent de l'immeuble et se dirigèrent vers la station de métro Lamarck-Caulaincourt toute proche.

Au bout de quelques secondes, Gabriella se congela.

Elle agrippa Kazuo par l'épaule.

— *¡Atención!*

Un point rouge qui gigotait sur le mur, à dix centimètres de la tête de Kazuo.

Repérage trop tardif. La détonation avait déjà retenti.

Le corps de Kazuo sombra. Gabriella avait eu le temps de voir sa tempe éclater. Imitant Gabriel, elle plongea vers le trottoir. Ils rampèrent comme des doryphores sous amphétamines vers la première voiture venue et se plaquèrent contre la carrosserie. Ce n'était pas idéal. Contrairement à ce que laissaient croire pas mal de films, les balles traversaient les portières sans trop de difficultés.

La rue Pierre Dac se trouvait à quelques pas. La bouche de métro à une vingtaine de mètres. Gabriel ne perdit pas de temps à tourner le problème en tous sens dans sa tête comme un Rubik's Cube.

— Je te couvre. Fonce vers le métro.

— Mais...

— C'est moi qui ai le flingue, non ? Fais ce que je te dis, ma puce.

— Arrête de m'appeler comme ça ! Ça me gonfle.

— OK, mais barre-toi. Je te rejoins.

Il leva le bras en l'air et tira vers le ciel. De quoi faire comprendre qu'ils n'étaient pas prêts à l'extermination sans résistance. Bien vu.

La détonation avait été violente. Des passants avaient crié. Droit devant elle, des gens terrorisés fuyaient.

Elle courba le dos et se mit à courir en zig zag. Elle dépassa une station de Vélib'. La rue était juste là. Sur sa gauche. Une balle rasa son épaule et se ficha dans un arbre. Gabriella accéléra. Ses poumons semblaient être remontés au ras de son nez, tant pis, elle tenta de courir encore plus vite. Elle s'engouffra dans la rue Pierre Dac. Elle entendit le Poulpe riposter. Une fois, puis deux. Devant elle, l'escalier menant au métro. Elle le dévala aussi vite que ses jambes la portaient. Elle franchit la porte vitrée de la station.

Il n'y avait que quelques usagers. Elle était en nage et haletait comme un phoque. Deux filles la regardèrent d'un air vaguement intrigué et passèrent le portique sans interrompre leur conversation.

Gabriella s'adossa à un mur, en retrait de la porte, et attendit en se mordillant les lèvres. Elle avait peur pour Gabriel. Le type que Kazuo présentait comme un gladiateur portait bien son nom. Il avait utilisé un flingue à optique de visée. Et n'avait eu besoin de tirer qu'une seule fois. Ça sentait le type super entraîné, voire le paramilitaire. Chanin savait s'entourer.

Dans le même temps, la vision de Kazuo en train de se manger une balle s'était imprimée dans son esprit. Elle se répétait comme un mème Internet.

Elle imagina le scénario. Ne voyant pas son collègue, le gorille de Chanin était allé prévenir son patron et Salva. Lequel Salva détenait le passeport de son employé.

Parce qu'il savait que Kazuo était un maillon faible.

Sûrement pas un témoin potentiel pour les flics. Le gars était le meurtrier de Solveig. Il ne vendrait pas la peau de l'ours.

Mais moi, je ne suis pas flic...

Et ce que Salva craignait était arrivé. Kazuo avait craqué. Mais dans les grandes largeurs.

Salva lui avait demandé d'interroger Solveig, puis de me terroriser. Ce qu'il n'avait pas imaginé, c'était que Kazuo me ferait des confidences.

Kazuo s'était planté. Et ensuite, il était allé trop loin.

Alors le gorille de Chanin était entré en action. Il fallait passer à la vitesse supérieure. Plus question de persuader. On envoyait le napalm…

Quand la silhouette familière aux longs membres balourds s'encadra dans la porte de la station, elle poussa un gros soupir de soulagement. Elle se précipita vers lui. Et voulut l'enlacer.

— Les effusions, ce sera pour plus tard. Viens.

Bien qu'encombré par l'étui à guitare qu'il avait réussi à sauver du chaos, Gabriel sauta le portique du métro avec une grâce d'éléphant. Elle l'imita. Ils se mirent à courir le long du couloir. Le nombre des usagers grossit au fil de leur fuite. Arrivés sur le quai, ils échangèrent un regard. À coup sûr, ils partageaient la même pensée : le tireur ne s'amuserait pas à faire un carton dans la foule. Ils scrutèrent les visages. Personne n'avait la gueule de l'emploi.

Le métro arriva. Leur duo monta à bord.

— On s'est plantés gravement, lâcha Gabriel entre ses dents.

— Ouais, mais on n'est pas au GIGN non plus.

— N'empêche, on a merdé. Je me suis fait l'effet d'être un branquignol. Si on n'avait pas trouvé le flingue dans le coffre, on ne serait plus là pour en parler. Une improvisation calamiteuse, si tu veux mon avis.

— T'aurais dû mettre une Kalach dans ton étui de guitare.

— T'es pas gênée.

— Tu m'en veux de t'avoir embarqué là-dedans ? s'énerva-t-elle.

— Non. Je m'inquiète pour toi, ma punaise de lit.

— Tu trouves ça drôle ?

— Ouais, un peu. Euh, non, en fait. Mais j'essaie de me détendre. Je suis un peu stressé, tu vois. C'est plus de mon âge, toutes ces fariboles.

Elle leva les yeux au ciel. Et ils éclatèrent de rire. C'était un rire nerveux et très mal venu puisqu'il y avait eu mort d'homme, mais il leur fit le plus grand bien.

Au bout de quelques minutes, puis d'un changement à Marcadet Poissonniers, et alors qu'ils remontaient un nouveau couloir, Gabriel voulut savoir où elle l'emmenait.

— Moi, je vais chez Mathias. Toi, tu peux rentrer chez toi.

— Hein ?

— Aucun risque qu'ils te retrouvent quand tu seras redevenu Gabriel Lecouvreur. Tu as la tête de Georges Moustaki. Et ils ne savent pas où tu habites. Moi non plus d'ailleurs. Ça m'évitera de parler sous la torture.

— Et là, c'est moi qui suis censé trouver ça marrant ?

— Mathias est flic. Le plus gros est passé. Je sais pourquoi Solveig a été assassinée. Maintenant, je vais être raisonnable et passer le relai à la police.

Le Poulpe produisit une petite grimace et l'observa un court instant. À Réaumur Sébastopol, ils montèrent dans un nouveau wagon, direction Galliéni. Pendant ce court trajet, son « deuxième père » continua de gamberger en silence.

Il insista pour sortir avec elle à la station Arts et Métiers. Et à l'accompagner jusqu'à sa destination. Ils prirent l'ascenseur ensemble et Gabriel attendit que Mathias ouvre sa porte et fasse entrer Gabriella chez lui avant de s'éclipser.

Mathias n'eut pas le temps de l'apercevoir.

Elle entra dans l'appartement, se débarrassa de ses boots et s'affala sur le canapé. La disparition soudaine et silencieuse du Poulpe la perturbait. Elle aurait voulu lui dire au revoir correctement, le remercier pour son aide. Mais elle comprenait qu'il n'ait pas envie de témoigner auprès d'un flic.

— Heureux de te voir… commença Mathias.

— Ouais, moi aussi.

— Mais… pourquoi est-ce que tu portes des lunettes ?

Elle les enleva et se massa la base du nez.

— J'ai eu une soirée assez fatigante.

Il gratta sa barbe naissante, puis vint s'asseoir à ses côtés.

— Vas-y, raconte, dit-il du ton du garçon blindé.

Malgré sa lassitude, elle lui expliqua ce qui s'était passé et ce qu'elle avait appris, dans les moindres détails. Même l'effraction de domicile et le perçage du coffre. Le visage de Mathias changea de couleur au fil de son récit. Surtout au moment du passage concernant l'intervention du gladiateur de Chanin.

À la fin, elle se sentit presque fière d'elle-même. Réussir à déstabiliser un officier de l'Antigang n'était pas à la portée de n'importe qui.

— Et l'ami qui t'accompagnait, c'était…

— Je ne peux pas te le dire.

Elle eut l'impression d'être dans sa tête et de regarder tourner les petits rouages de ses pensées. C'était bien huilé, mais ça s'affolait un peu. Mathias se savait coincé. Si ses supérieurs apprenaient qu'il cachait l'implication de Gabriella dans cette affaire depuis le départ, ils ne lui feraient pas de cadeau. Il n'avait donc pas d'autre choix que de continuer à balader sa hiérarchie.

Elle voulut en avoir le cœur net.

— Tu vas leur dire pour le gorille de Chanin ?

— Je vois mal comment. Et techniquement parlant, tu ne l'as pas vu.

— C'est vrai. Mais bon, je ne vois pas qui d'autre peut nous avoir canardés.

Quelques minutes plus tard, son chef l'appelait. Mathias l'écouta et annonça calmement qu'il arrivait.

— Tes collègues ont trouvé le corps de Kazuo ?

— Affirmatif, dit-il entre ses dents serrées.

— J'ai poussé le bouchon un peu loin. Désolée.

— *Désolée*. Tu plaisantes ?

Ils se dévisagèrent un court instant.

— Bon, j'y vais, reprit-il. Tu ne bouges pas d'ici. D'accord ?

Il avait adopté un ton pète-sec qu'elle ne lui connaissait pas.

— Je n'ai aucune intention de sortir de chez toi. Crois-moi.

Il ferma un instant les yeux, expulsa un gros soupir, remit son holster, y fourra son arme de service, enfila son blouson et sortit sans un mot.

Gabriella sourit. Pour une fois, il était franchement en colère. Ça lui allait bien.

Chapitre 11

Deux jours plus tard
Mercredi 14 février

— *¡Mierda!* jura Gabriella en balançant son téléphone sur le canapé.

L'appareil rebondit et atterrit sur le stupide tapis pelucheux qu'elle avait décidément assez vu. Au même titre que tout ce que contenait ce fichu appartement.

Tomber sans cesse sur un répondeur qui répétait jusqu'à la nausée une phrase sans imagination lui plombait les nerfs. « Laissez-moi un message et je vous rappellerai. »

— Tu parles ! grommela-t-elle en matant les quatre cactus alignés sur la table basse d'un air menaçant.

C'était trop, elle ne resterait pas une minute de plus chez Mathias.

Elle ramassa son téléphone, remit son bonnet et sa parka, puis se propulsa dans le couloir de l'immeuble en laissant la porte claquer derrière elle.

Un voisin sortait justement de chez lui en veillant à fermer sa porte en douceur. Son regard débordait de reproches. Elle lui fit ses yeux de reine de la forêt amazonienne, autrement dit de femelle jaguar. Le gars baissa la tête en vitesse et se faufila dans la cage d'escalier.

Gabriella prit l'ascenseur.

Une fois dans la rue, elle se dirigea vers la

station Arts et Métiers. Elle déploya la carte du métro dans sa tête. Par où devait-elle passer pour se rendre dans le quartier des Batignolles ?

Elle pila. Les flics avaient quitté le mythique 36 quai des Orfèvres pour le 36 rue du Bastion (jolie coquetterie, ces deux « 36 »). Mais il lui semblait que Mathias lui avait raconté quelque chose de spécial à ce sujet.

Elle se concentra et fouilla sa mémoire. Difficile de faire le tri, Mathias causait beaucoup.

Ça y est ! se dit-elle. Elle se souvenait à présent. La BRI était la seule brigade à n'avoir pas déménagé.

Elle modifia mentalement son trajet — sa destination n'était qu'à trois stations de là — et descendit les escaliers du métro d'un pas vif.

Une fois arrivée place du Châtelet, elle prit la direction du fleuve.

Le soleil était de retour. La lumière était pâle et blanche, mais ça ferait l'affaire.

Arrivée sur le quai, elle le traversa et s'approcha du fleuve. Elle voulait l'admirer un peu. Même si la situation n'incitait pas à la contemplation.

La Seine était haute et brassait des vagues qui avaient la couleur des porcelaines asiatiques. Une sorte de vert pâle. Ça avait un nom, mais il ne lui venait pas à l'esprit.

Pedro saurait, lui.

Le vieil imprimeur catalan exilé en Bolivie était l'homme le plus calé qu'elle ait jamais connu. Les imprimeurs de sa génération ne se contentaient pas de fabriquer des livres, ils les lisaient aussi. Et en abondance. Alors, oui, c'était certain, Pedro saurait nommer cette couleur. Comme il saurait comment agir le plus correctement possible pour avoir la conscience à peu près tranquille.

Elle venait de repenser à Kazuo.

Ce type était un tueur, même s'il prétendait détester ça. Il avait d'ailleurs failli être *son* tueur, mais elle n'avait pas apprécié la façon de l'évacuer de ce monde. Elle ne savait pas ce qu'elle aurait fait de lui s'il n'avait pas été exécuté. Peut-être aurait-elle manqué à sa parole. En le livrant à la police. Ou pas. Et elle ne le saurait jamais.

En tout cas, elle n'avait pas apprécié qu'il soit dégommé sous ses yeux. *Chanin et Salva ne s'en tireront pas comme ça !*

Pour le moment, Mathias s'était débrouillé au mieux. Elle ignorait comment il s'y était pris sans se mouiller. Mais le résultat était là. Salva avait été convoqué à la BRI. Problème, l'influenceur politique était venu avec son avocat, et ce type était du baveux de première classe. Salva niait en bloc être impliqué. Tout simplement.

Quant à Philippe de Chanin, aucun enquêteur n'avait vu l'intérêt de le déranger.

Est-ce que la situation avait évolué depuis ? Elle aurait voulu que Mathias la tienne au courant. Évidemment, il n'en faisait qu'à sa tête.

Elle retraversa le quai, entra au 36 quai des Orfèvres, s'adressa à l'accueil et patienta.

Quelques minutes plus tard, Mathias déboula par le grand escalier qui avait vu défiler des générations et des générations de poulets. Il trimballait un air mécontent. Elle décida d'attaquer la première.

— Pas la peine de me faire la leçon ! dit-elle en levant son index droit entre leurs deux nez. Je veux savoir où vous en êtes.

— Arrête un peu, tu veux bien !

— Sans moi, vous n'auriez pas mis la main sur Salva.

Il l'attira à l'extérieur. Évidemment, il n'avait pas envie que ses collègues se questionnent au sujet de leur étrange conversation.

Ils traversèrent le quai. Et se plantèrent devant la Seine en couvant leurs énervements respectifs. Une vedette de la Fluviale trancha leur champ visuel.

— Alors ? demanda Gabriella.

— Alors rien, répliqua Mathias en suivant la vedette des yeux. Salva a déjà quitté nos locaux.

— C'est tout !

— Qu'est-ce que tu veux qu'on se mette sous la dent ? Salva et Chanin se fréquentent parce qu'ils ont les mêmes opinions politiques, d'accord, c'est leur droit. Mais rien ne prouve que le tireur planqué devant chez Salva était le chauffeur de Chanin, à part sa gueule patibulaire. Et l'enquête de proxi ne donne rien.

Son regard oublia le bateau et vint se poser sur le visage de Gabriella. Elle nota qu'il avait les traits tirés, les yeux rougis. Elle s'en voulut de lui pourrir la vie avec autant d'énergie, mais c'était plus fort qu'elle. Elle voulait savoir.

— Il était comment, Salva ? Il avait la trouille ?
— Non.
— Allez, dis-moi !
— Il était… décontracté.
— Je t'ai donné l'enregistrement de Kazuo ! Il l'a écouté ?
— …
— Et il continue de se taire ? Arrête, ça n'a aucun sens.
— Lui faire écouter cet enregistrement suppose d'admettre comment on l'a obtenu. Ou plutôt comment *tu* l'as obtenu. Si tu vois ce que je veux dire.
Elle tourna le dos à la Seine et s'assit sur le parapet. Mathias croisa les bras et regarda le bâtiment qui abritait sa brigade. Avec ses tourelles et sa pierre sculptée, on aurait dit un château.
— On fait quoi ? dit-elle au bout d'un moment. Tu as une idée ?
— Non.
— Super.
— Mais mes collègues de la Crim' ne lâchent pas l'affaire. Ils cherchent la vidéo tournée par Solveig.
Bon courage, pensa-t-elle en cachant mal le petit sourire qui lui chatouillait les lèvres. Cacher une vidéo compromettante était un jeu d'enfant. Elle pouvait être planquée sur n'importe quel support électronique. Et protégée par une clé numérique quelconque. Un bidule indéchiffrable.
— Et Chanin ? tenta-t-elle.
— Quoi Chanin ?
— Vous allez l'interroger ?

— Ce n'est pas moi qui décide. C'est mon patron. Mon nom, c'est pas Merlin l'Enchanteur. Il y a un principe de réalité, Gabriella.

— D'accord, dit-elle.

— Ne me dis pas que tu vas encore jouer au détective privé ?

— Non. Je crois que j'ai détecté tout ce qu'il y avait à détecter.

— Voilà enfin une parole sensée.

Elle sauta au bas du parapet et s'apprêta à s'en aller.

— Tu vas où ?

— Chez moi.

— Tu n'as pas de chez toi.

Si, j'en ai un dans ma tête, pensa-t-elle. *Au fin fond de la forêt amazonienne. Au milieu des oiseaux. Et l'air y est nettement plus pur qu'ici pour des tas de raisons...*

— Laisse-moi t'héberger, insista-t-il. Au moins, jusqu'à ce que ça se tasse.

— Pourquoi ? À cause du danger ? (Il haussa les sourcils.) Tu viens de m'apprendre que Salva était tranquille, sûr de lui. J'en déduis que c'est parce qu'il sait qu'on ne risque pas de mettre la main sur la vidéo. Son employé avait de quoi casser du sucre sur son dos, mais il est mort. C'est ballot.

— Gabriella, écoute...

— Salva n'a plus besoin de se fatiguer à m'éliminer. C'est au moins ça de pris.

— Qu'est-ce que tu en sais, bon sang !?

— Si j'avais été en possession de la vidéo, soit je

l'aurais fait chanter avec, soit je te l'aurais donnée. Or, il ne s'est rien passé. Nada.

Elle lui tourna le dos et remonta le quai en direction du métro.

Il l'appela. Elle fit semblant de prendre ça pour le cri d'une mouette.

Chapitre 12

Deux jours plus tard
Vendredi 16 février

Une délicieuse odeur de café émanait du percolateur, et Hervé chantait *Addenda.* « *J'ai le cœur qui bat pour toi / 100 fois par minute...* » Gabriella venait enfin de terminer sa chronique contre la construction de l'autoroute entre Toulouse et Castres.

Il était grand temps de la mettre en ligne, jamais elle n'avait pris autant de retard. Elle cliqua sur « Publier ».

Une bonne chose de réglée, se dit-elle en calant son dos contre le dossier de sa chaise.

Elle observa le petit monde de la Sainte-Scolasse. Au comptoir, Julie et Juliette faisaient la causette à deux habitués. Vlad préparait sans doute le déjeuner en cuisine. Léon IV roupillait près du portemanteau. La paix régnait. C'était largement dû au fait que Gabriella avait soigneusement évité de raconter ses dernières mésaventures en compagnie du Poulpe aux deux patronnes et à leur aide-cuistot. D'autre part, aucun média n'avait eu vent de la convocation de Salva à la BRI ou n'avait cru bon de la mentionner. Mais c'était déjà de l'histoire ancienne. Ce salopard était libre comme l'air. Mathias et ses copains de l'Antigang ou de la Crim' n'avaient ni preuves ni aveux.

Gabriella réfléchit. Si ses propres tentatives d'enquête sur le terrain avaient lamentablement échoué, elle pouvait utiliser son blog pour balancer ce qu'elle savait. Évidemment, il lui faudrait faire très attention à ses déclarations, mais une chronique pleine d'insinuations habilement présentées pourrait jouer le rôle du ver dans le fruit.

Salva passait son temps à balancer des affirmations sans preuve.

Alors pourquoi pas moi ?

Oui, une idée tentante. Mais l'exercice était tout sauf facile. Le moindre mot de trop et elle se retrouverait dans une ratatouille de compétition. Chanin avait les moyens légaux de lui clouer le bec.

Elle ouvrit un nouveau fichier et se lança.

Au bout de quelques minutes éprouvantes, elle dut se rendre à l'évidence. Ce qu'elle écrivait était parfaitement nul.

Il lui fallut quelques secondes pour voir que son portable faisait des petits soubresauts sur la table. Elle l'avait mis sur mode silencieux pour pouvoir se concentrer et ne pas déranger les clients du café.

Le nom d'Alexis Mouthe s'affichait sur l'écran. Que pouvait lui vouloir le patron de l'agence d'influenceurs ? Elle s'était attendue à ne plus jamais entendre parler de lui.

Elle répondit.

— Allô, Gabriella. Vous allez bien ?

La voix du boss d'InfluWorld était nettement moins suave que d'habitude.

— Oui, on peut dire ça. Qu'est-ce qui vous amène ?

— Vous ne m'avez jamais dit comment ça s'était passé avec Junio89. Vous l'avez rencontré ?

— Oui.

— Et ?

— Disons que je ne regrette pas d'y être allée accompagnée.

— Qu'est-ce que vous voulez dire ?

— Il a failli m'étrangler.

— Mais… Vous n'avez pas porté plainte ?

— Non. Pas mon genre. Et j'avais d'autres chats à fouetter.

— Cette histoire d'influenceuse badass, ce n'était pas du bidon complet si je comprends bien…

— Je n'ai pas beaucoup d'imagination.

— Écoutez, je ne sais pas si vous appeler est une bonne idée ou pas… J'ai vu que les médias sociaux et la presse parlaient déjà moins de Solveig. Et j'avoue que ça me… met mal à l'aise. J'ai l'impression que son existence est zappée. C'est plutôt moche.

— Je ne vous le fais pas dire.

— Vous êtes toujours déterminée à savoir ce qui lui est arrivé ?

C'était une question qui n'était plus d'actualité. Mais il en restait beaucoup d'autres. Pour autant, elle ne pouvait pas tout révéler à Mouthe là, maintenant, tout de suite. Et surtout au téléphone. Elle opta pour un demi-mensonge.

— Oui, on ne peut plus déterminée, répondit-elle.

— Dans ce cas, je vais vous confier ce que je sais. Ça n'a peut-être aucun intérêt, mais on ne sait jamais. J'ai croisé Junio89 à un événement, récemment. Il était en pleine forme. Je dirais même qu'il était *trop* en forme. Je ne sais pas à quoi carbure ce type.

— Pas à la camomille, j'imagine.

— Non. En tout cas, j'ai essayé de l'éviter. Mais il était tellement haut perché qu'il m'a adressé la parole. Alors qu'il sait pertinemment que je n'ai aucune estime pour lui. Il m'a parlé de Solveig.

— Allez-y, je vous écoute.

— Il m'a balancé que je n'avais pas autant de nez que ce que je croyais pour choisir mes influenceurs. D'après lui, avec Solveig dans mon écurie, j'aurais décroché le pompon. Il m'a dit un truc du genre : « Tu serais devenu roi du monde, mec. Au lieu de ça, tu resteras le dirlo d'une petite agence minable ! »

Gabriella resserra involontairement sa paume sur son smartphone. Un mini-éclair lui avait chatouillé les synapses.

— J'ai failli tourner les talons et le planter là, mais je me suis ravisé, poursuivit Mouthe. Quelque chose m'avait interpellé. Un je-ne-sais-quoi. Alors je l'ai questionné. Il a ajouté que Solveig aurait « balancé du lourd si elle avait vécu ». J'ai attendu la suite. Des gens sont arrivés, ils lui faisaient signe. Avant de les rejoindre, Junio89 m'a dit qu'il fallait que je sois vigilant.

— Vigilant ? Comment ça ?

— Il m'a dit : « Tu comprendras ce que j'essaie de t'expliquer. Le Net ne parlera que de ça. » Et il a une conclusion superbe et ultra sympathique : « Tu n'as rien pigé à ce business, pauvre naze. »

Gabriella prit le temps de remercier Mouthe, puis termina la communication. Elle regarda David Bowie. Et eut l'impression qu'il s'adressait à elle : « Et toi, Gabriella, tu comprends quelque chose ? Allez, efforce-toi. »

Un peu plus tard, Vlad, vêtu de son grand tablier blanc, s'approcha en compagnie de Léon IV.

— Tu as l'air d'avoir avalé une substance bizarre, dit-il.

— C'est un peu ça.

Il s'assit face à elle, posa ses mains sur la table et entrecroisa tranquillement ses doigts. Un langage corporel facile à décrypter. Il voulait en savoir plus. Gabriella jeta un coup d'œil vers le comptoir. Julie et Juliette faisaient la causette à des clients. Tant mieux. Elle en profita pour résumer sa conversation avec Alexis Mouthe.

— Dukerque en sait plus que ce qu'il prétend au sujet de Solveig.

— Je croyais que tu avais abandonné.

Le visage de Vlad était inexpressif, mais son ton sentait le reproche à plein nez. Ils s'observèrent. Elle hésita. Évidemment, n'étant pas au courant des récents événements, ça ne l'inspirait guère.

N'ayant plus le choix, elle lui raconta ce qu'elle avait vécu avec le Poulpe.

— Eh ben dis donc, lâcha-t-il.

— Bref, Dukerque ne m'a pas tout dit. Je crois même qu'il m'a bien baladée. Qu'est-ce que t'en penses ?

— C'est possible. On y retourne ?

— J'allais te le proposer.

Chapitre 13

Ivry-sur-Seine

Vers 21 heures, Gabriella, Vlad et Léon IV roulaient en direction du domicile de l'influenceur.

— Ça se ne lave pas tous les deux mois, un chien ? demanda Gabriella.

— Non. Une ou deux fois par an. Et là, on est en hiver.

— OK.

Il n'y avait plus rien à espérer dans ce domaine. Gabriella décida de se laisser véhiculer dans le silence confortable qui se mit à les envelopper. L'allure de Vlad en effrayait pas mal. C'était bizarre comme réaction. Elle avait toujours trouvé le mutisme de son vieux pote relaxant.

Ils se garèrent au même emplacement que la dernière fois, il présentait l'avantage de ne pas être trop éclairé et de donner une bonne vue sur l'entrée de la villa.

Vlad alla explorer la situation et revint faire son

rapport. Selon lui, la pièce principale était illuminée, et une autre voiture tenait compagnie à la bagnole rouge de Junio89.

— Qui ça peut bien être ? se demanda Gabriella à voix haute.

— Une femme, répliqua Vlad.

— Ah bon.

— Oui, ils s'envoient en l'air sur le canapé noir.

Gabriella se souvint des paroles de l'influenceur. « Je suis quelqu'un de totalement transparent. Comme ma baraque. Il y a des baies vitrées autour de mon cœur. » Mais qu'il honore sa visiteuse sur un canapé plutôt que dans la chambre à coucher était peut-être une bonne nouvelle. Parce qu'elle pouvait signifier que Dukerque n'avait pas envie que sa partenaire s'attarde.

Gabriella proposa à Vlad qu'ils aillent se poster au plus près du portail de la propriété. Ils patientèrent. Chaque fois qu'une voiture apparaissait dans la rue, ils firent mine d'être un couple en train de promener innocemment son animal de compagnie.

Une quarantaine de minutes s'étaient écoulées.

Gabriella sursauta, elle venait d'entendre des voix en provenance de l'entrée de la villa. Elle écouta. Dukerque souhaitait bonne nuit à sa conquête.

Vlad et Gabriella observèrent la scène à travers les buissons. La dulcinée, une blonde assez spectaculaire, montait dans sa voiture. Dukerque, très prévenant, referma la portière pour elle. La fille mit le contact et roula vers la sortie. Dukerque suivit. La fille tourna à droite. Heureusement, il s'agissait de la direction opposée à celle de l'endroit où planquaient Gabriella et Vlad.

Gabriella fonça. Percevant un mouvement, Dukerque pivota vers elle. Il n'eut que le temps de produire une grimace. Elle était déjà à son niveau. Bras en avant, elle lui fit le coup de la catapulte surprise dans le plexus. Il perdit l'équilibre et atterrit fesses sur le gravier de son allée.

Vlad était déjà sur les talons de Gabriella avec le chien. Il referma le portail derrière lui, puis dégaina son Makarov.

— Vous êtes super pénibles à la fin ! brama Dukerque.

— Ta gueule, Roméo !

Gabriella pointa l'entrée de la villa du menton.

Dukerque se leva en grimaçant. Sa porte avait été laissée ouverte. Gabriella poussa énergiquement l'influenceur dans le dos pour qu'ils puissent tous entrer dans la maison en vitesse. Vlad joua une seconde fois au portier. La porte de la villa émit un claquement sec.

Gabriella nota deux détails. Depuis leur dernier passage, la serrure avait été réparée. Et un club de golf solitaire était posé dans l'entrée. Elle ne connaissait rien à ce sport, mais la tête en métal de ce bidule pouvait sûrement occasionner des dégâts.

Elle ricana intérieurement. *Ce crétin n'a pas eu le temps de s'en servir*, se dit-elle.

Elle pénétra dans le salon. Ce qui se trouvait sur la table basse était intéressant : une bouteille de champagne de luxe dans un seau en argent, deux flutes et du matériel pour se faire des rails de coke. Alexis Mouthe s'était demandé à quoi carburait Junio89, on disposait de la réponse à sa question.

Gabriella se souvint soudain que l'influenceur avait batifolé sur le canapé noir, elle s'installa donc sur le beige. Et fit signe au gars de s'asseoir face à elle. Il coula un regard vers le Makarov – entre-temps, Vlad l'avait augmenté de son silencieux –, et décida de ne pas la contrarier.

Vlad confia son flingue à Gabriella et s'éloigna. Bientôt, elle entendit des sons métalliques en provenance de la cuisine. Le grand Roumain farfouillait dans les placards.

Gabriella en profita pour étudier le look de « leur hôte ». Il portait une sorte de peignoir de boxeur doré sur un débardeur en coton blanc et un pantalon de survêtement vert foncé. Ses pieds étaient chaussés de bidules qui évoquaient un croisement entre des pantoufles et des sneakers.

– Vous êtes venus me faire à bouffer tous les deux, ou quoi ?

Dukerque semblait content de sa vanne. Et même de l'existence en général. Ce qui n'était pas si bizarre que ça vu ce qu'il s'envoyait dans les naseaux.

Il se débarrassa de son peignoir. Et révéla des bras bodybuildés et intégralement tatoués. Il se désapait peut-être pour épater la galerie ou parce qu'on étouffait dans sa baraque ; le chauffage tournait à fond, sûrement pour le confort de sa petite copine.

Léon IV s'était mis à haleter sérieusement. Sa langue semblait avoir poussé de quinze centimètres.

Vlad revint avec un bol en inox plein d'eau. Et le déposa devant le berger allemand. Qui remua la queue avant de se désaltérer comme un chameau après un long périple dans le Sahara.

L'aide-cuistot de la Sainte-Scolasse récupéra son flingue et se remit en position en rivant son regard goudronneux sur l'influenceur. Cette fois, celui-ci ne parut pas impressionné.

— Je vais finir par croire que je te manque, Singani, plaisanta-t-il. Tu ne m'as toujours pas dit comment tu t'appelles.

— Singani. Tu as bien deviné.

— Tu es presque marrante, toi. Tu as soif ?

— Non.

— Eh bien moi, si.

Il empoigna la bouteille de Krug, se servit une flûte, but une gorgée et émit un claquement de lèvres assez répulsif. Après quoi il croisa les jambons qui lui faisaient office de bras. Les divers motifs qui les ornaient étaient aussi nazes les uns que les autres. Juste de la déco tape-à-l'œil. Rien à voir avec les tatouages des vrais durs de San Pedro. Ce rigolo ne tiendrait pas deux secondes au milieu d'eux.

— La vidéo, c'était ton idée ?

— De quoi tu parles ? réagit-il avec un grand sourire.

— Solveig et Chanin. Occupés au même type d'activité que celle que tu viens d'avoir avec ta blonde.

— Oh, c'est pas ma blonde, tu sais. J'en ai d'autres. Dans toutes les couleurs.

— Je m'en tape. Concentre-toi sur ce qui m'intéresse. Elle est où, cette vidéo ?

— T'en feras quoi ?

Gabriella marqua le coup. Elle ne s'était pas attendue à qu'il admette si facilement l'existence de cette vidéo. Deux secondes auparavant, elle avait failli faire signe à Vlad de tirer une balle dans le canapé pour affoler ce crétin.

Cette petite phrase, c'était un aveu. De son implication dans l'affaire Solveig.

Gabriella se souvint de leur première conversation, dans cette même villa : « Comme elle était sympa, oui, je l'ai branchée sur quelques bons coups. » C'était à croire que les bons coups en question ne se limitaient pas à vendre des fringues ou à donner plus de glamour aux produits financiers foireux qu'il proposait à des gogos.

Comme Dukerque était en verve, elle en profita.

— C'était ton idée, hein ? Pas celle de Solveig.

— Mais Solveig n'avait pas d'idées, Singani, c'était ça son problème ! balança-t-il en rigolant.

Gabriella eut envie d'empoigner le club de golf et de s'en servir pour refaire la denture de ce crétin. Au lieu de ça, elle prit une grande inspiration.

— Réponds.

— Oh, tu es un peu caractérielle, Singani, hein ? Ça ne me déplaît pas, en fait. Entre caractérielle et femme de caractère, il n'y a pas une si grande différence...

Elle leva le bras droit et claqua des doigts.

— Hé, ho ! On revient à Solveig.

— Oh, tu n'es pas joueuse ce soir.

— Solveig.

— Bon, d'accord. Puisque tu insistes. Chanin l'avait larguée. Elle s'était accrochée. Inutilement. Sa bourgeoise et ses lardons, ça lui suffit à ce type. La jolie Solveig était trop romantique pour son bien. Pas comme toi.

— Oublie-moi. Reviens à ton sujet.

— Eh bien, le sujet, c'est pas compliqué. J'ai proposé à Solveig de se venger de son ex. Et de filmer leurs adieux. Ranimer la flamme le temps d'un gentil petit tournage, c'était dans ses cordes. La caméra cachée, il n'y a pas à dire, c'est un classique indémodable. Ça a marché du tonnerre. Certains dinosaures avaient deux cerveaux, dont un dans la queue. Mais pas Chanin. C'est bête pour lui, hein ?

Et il éclata de rire en se tenant les côtes.

Gabriella avait déjà croisé un certain nombre de mecs vulgaires entre La Paz et Paris, mais jamais de l'envergure de celui-là. Junio89 était une monstrueuse tête à claques.

Elle se tourna vers Vlad. Même lui faisait la grimace. Ce qui lui arrivait une fois tous les dix ans.

Heureusement, raconter ses exploits semblait exciter Dukerque. Il ne se fit pas prier pour déballer la suite. Gabriella apprit que Solveig s'était effrayée après-coup. Menacer seule Chanin était très risqué. C'était ce qu'avait prévu Dukerque. Le moment venu, il n'avait pas hésité à offrir sa protection à la jeune fille.

— C'est toi qui as négocié avec eux ?

— Non, c'est elle. En suivant mes conseils. Elle a répété mes phrases. C'était du cousu main.

— En échange de quoi ?

— D'argent. Tout simplement.

— Pour la péniche ?

— Oui. C'est ça. Une somme modeste ces cent cinquante mille euros, en fait. Chanin a une fortune personnelle assez conséquente. Donc, tout ça s'est réglé gentiment.

— Gentiment ?

— Solveig a touché son blé, elle m'a refilé une petite commission. Et elle a donné la vidéo à son ex. Fin de l'histoire.

— Tu forces vraiment trop sur la poudre, mon gars. Solveig a été torturée sur sa péniche. Pour avouer où se trouvait la vidéo. Ton cerveau de poisson rouge a déjà oublié ?

En réalité, Gabriella ne doutait pas que ce type était rusé. Et elle avait désormais compris sa technique. La même que tous ces baratineurs. Larguer un peu de vrai pour prêcher abondamment le faux. Ça donnait de la gueule à l'ensemble.

— Tu me prends pour un débile, tu as tort.

Elle avait réussi à le piquer au vif. C'était le but.

— Je te le répète. Où est la vidéo ?

— Il faut que tu me croies. On l'a donnée à Chanin. Quand je joue avec le diable, je sais quand m'arrêter. C'est ça la différence entre un poisson rouge, comme tu dis, et moi.

Gabriella pianota sur son smartphone. Puis le

posa sur la table en marbre. La voix de Kazuo en jaillit.

— C'est qui, ça ?

— Tais-toi. Écoute.

C'est ce qu'il fit. Jusqu'au bout. Il entendit ainsi Kazuo raconter qu'il avait tenté de faire parler Solveig pour qu'elle avoue où se trouvait la vidéo. Jusqu'à ce que son cœur lâche à cause des coups de taser.

La superbe de Junio89 commença à s'effriter. Il se tripota nerveusement les mains en jetant des coups d'œil vers les vestiges du rail de coke. Il en restait un peu. Dommage.

— Surveille-le, dit-elle à Vlad. J'ai un détail à vérifier.

Elle ressortit dans le jardin et téléphona à sa comptable favorite.

— Allô, Monique ?

— Encore vous ?

— Je n'ai pas l'intention de vous plomber votre soirée. Promis.

— Ça m'étonnerait.

— J'ai juste une question.

— Allez-y, soupira son interlocutrice.

— Ces versements dont vous m'avez parlé, ils provenaient bien de Julien Dukerque ?

— J'ai un peu l'impression d'être un perroquet, mais oui, je confirme.

— Et c'était lié à ses trafics de produits financiers ?

— Oui, j'imagine, mais il y avait aussi de la promo fashion ou autre, tout ce qu'il y a de plus honnête. Ces vidéos d'arnaque, il n'y en a pas eu beaucoup. Quand Solveig a compris de quoi il s'agissait, elle a arrêté.

— C'est certain ? Il n'y a pas autre chose ?

— Quelle autre chose ?

— Je pense à une grosse somme. Arrivée d'un seul coup. Et pas à des commissions diverses.

— Oui. Absolument. C'était une succession de versements de la part de Dukerque. Bon, je peux retourner à mes occupations ? Vous m'y autorisez ?

— Bonne nuit, Monique. Et merci.

— Il n'y a pas de quoi. Et...

— Oui ?

— Faites attention à vous tout de même.

— Je vais essayer.

Gabriella rempocha son smartphone et leva la tête vers le ciel. La lune avait l'air d'être emballée dans un châle de brume. C'était pas mal comme effet.

Cette conversation avait été brève mais instructive. Gabriella revint dans la villa.

Dukerque en avait profité pour se servir une nouvelle flûte de champagne.

— Je vais te dire à quoi je pense, reprit-elle. En fait, la première fois, tu ne m'avais pas menti. Solveig s'est payé sa péniche grâce à ses économies et aux commissions que tu lui as refilées. Placements financiers véreux, promos honnêtes, peu importe. Mais pour la vidéo, elle n'a rien touché. Tu l'as persuadée de faire une sextape. Mais ensuite, tu l'as dissuadée de s'en servir. En lui disant que c'était finalement une idée foireuse, et surtout dangereuse. Ou alors, c'est elle qui a eu peur. Ou qui s'est dit que ce n'était pas digne d'elle d'exhiber ses ébats au monde entier.

— Je devrais plutôt t'appeler Shéhérazade que Singani, ma belle. Avec tes yeux de jais et ta chevelure de laine noire, on se croirait dans *Les Mille et une Nuits*. Vas-y, je suis envoûté.

— Au bout du compte, Solveig a décidé de changer de vie. Fini son boulot d'influenceuse, elle transformerait sa péniche en salle de concerts. Ça lui suffisait. Elle n'avait pas besoin du fric de Philippe de Chanin. D'ailleurs, ses amis m'ont dit qu'après une période de stress, elle guérissait de son chagrin. Solveig avait passé l'éponge. Mais ce qu'elle ne savait pas, c'est que toi, tu étais décidé à ce que cette vidéo te rapporte gros. Alors tu as entamé les négociations avec Chanin. Directement ou par l'intermédiaire de son sbire, Salva.

— Tu ne voudrais pas venir travailler avec moi ? Vraiment, j'adore ton style, ricana-t-il.

Gabriella sut qu'elle avait vu juste. La décontraction du gars était bidon. Il se penchait en avant, coudes sur les genoux et ses yeux peinaient à se fixer quelque part.

— Salva a envoyé son homme discuter avec Solveig. Ça s'est mal passé. Il n'était pas question de la tuer, mais son cœur a lâché. Elle a résisté non pas parce qu'elle était superwoman, mais parce qu'elle ignorait où était la sextape. Pour la bonne raison que c'était toi qui la détenais. J'imagine même que tu l'avais volée à Solveig.

— Si je suis bien ton raisonnement, ce type

aurait dû venir me rendre visite pour me faire avouer aussi, non ? Hey, je suis toujours en vie. C'est bizarre, non ?

— Oui, tu es toujours en vie parce que tu as commencé à négocier. Et que vous avez trouvé un accord, pas vrai ? Qu'est-ce qu'ils t'ont promis ? Du fric ? Ou une aide quelconque pour tes problèmes judiciaires ? Les deux ?

Une lueur venait de s'allumer dans le regard de ce salopard. Gabriella sut qu'elle flairait la bonne piste. Chanin avait le bras long. Peut-être pouvait-il arranger le coup à son nouvel ami Junio89. Ou lui organiser une fuite du territoire français à grands frais. Tout était possible.

— En fait, tu as envoyé Solveig à la mort.

— Je te le répète, j'adore tes contes. Tu es vraiment douée.

Elle fit une dernière tentative.

— Où est la vidéo ?

— Tu viens de me dire que je leur avais donnée. Faudrait savoir ce que tu veux.

— Que tu arrêtes de jouer au con.

— Quoi, je leur aurais menti en prétendant leur filer la seule vidéo existante ? En fait, j'aurais gardé une copie ? Sympathique, ton idée. Fourrage dans ma villa, si ça te chante.

Elle savait que c'était inutile. Si un support numérique quelconque s'était trouvé ici, les sbires de Chanin l'auraient trouvé. Ils avaient dû chercher partout. Comme Kazuo, qui avait fouillé la péniche de fond en comble. Et le smartphone de Solveig.

Elle était bien placée pour savoir qu'on entrait

dans cette « baraque transparente » comme dans un moulin. Dukerque avait pu confier la vidéo à quelqu'un ou la planquer n'importe où.

— Si j'avais une piscine, Singani, j'aurais assez de blé pour la remplir de billets. J'ai filé cent cinquante mille euros de commission à Solveig parce que j'en avais les moyens. Alors pourquoi mater le blé de Chanin ? Tu vois que ton raisonnement est tout pourri, à la base.

Un détail revint soudain à l'esprit de Gabriella.

— Cent cinquante mille euros... en fait, c'est cher payé pour la participation à quelques vidéos ! dit-elle.

— Pour toi, peut-être. Mais tu ne vis pas dans mon monde, Singani. Il suffit de voir comment tu es sapée, ma pauvre.

— En fait, au cas où Chanin ferait éliminer Solveig, tu voulais que les flics retrouvent trace de cette jolie somme dans ses comptes. Pour qu'ils croient que c'était le fruit du chantage qu'elle exerçait soi-disant sur Chanin. Une bonne méthode pour éloigner les enquêteurs de toi...

— Tu devrais faire une cure de sommeil, ma grande. Ça irait mieux après.

Bien sûr, il n'avouerait rien. Et chez lui, le baratin était devenu une seconde nature.

En tout cas, ce mec dansait au bord du précipice.

Elle eut une vision. Un flash d'une demi-seconde. L'influenceur se filmait au milieu des fans qui lui restaient. Un point rouge apparaissait sur son front. Et son crâne éclatait en direct sur les réseaux sociaux.

Elle se leva et fit signe à Vlad de la suivre. Il lui emboîta le pas.

Une fois dehors, elle inspira une grande bouffée d'air frais. Puis marcha jusqu'à la Méhari et monta à bord. Vlad fit passer Léon IV sur la banquette arrière et se glissa derrière le volant. Il serrait toujours son Makarov entre ses mains gantées.

— Un mot de toi et j'y retourne. Pour le fumer.

— Non.

— C'est vraiment une ordure. La petite Solveig...

— Quelque chose me dit qu'il ne va pas durer longtemps. On va laisser les choses se faire. C'est mieux.

Ils se regardèrent, puis Vlad hocha la tête et se pencha pour ranger sa pétoire dans la boîte à gants.

Chapitre 14

Trois jours plus tard
Lundi 19 février
Paris

Le bouche-à-oreille marchait du tonnerre. Ces derniers temps, les clients étaient nombreux à venir goûter le pot-au-feu franco-nippon de Juliette. Ne sachant plus où donner de la tête et de l'éplucheur à légumes, Vlad était devenu une sorte de stakhanoviste du *daikon*. Toutefois, il venait régulièrement en salle voir où en était « sa camarade ». Et puis, à chaque fois assez dépité, il repartait s'occuper de ses gigantesques radis japonais.

Gabriella était de nouveau embringuée dans une mission impossible. Elle était en train d'essayer de révéler les dessous de l'affaire Solveig sur son blog. Ça ne fonctionnait pas plus que lors de sa dernière tentative. Elle savait tout, mais n'avait rien de concret à donner en pâture aux fidèles lecteurs d'*Ecoiwia*.

Elle se tourna vers Noémie. De retour à la Sainte-Scolasse, la booktokeuse finissait la lecture du dernier opus de dark romance qu'elle chroniquerait bientôt pour ses followers. Les travaux dans l'appartement de ses voisins du dessus l'empêchaient toujours de se concentrer. Elle s'était donc expatriée momentanément avenue Ledru-Rollin. Ce bouquin devait être passionnant : elle en tournait les pages avec une régularité de métronome et murmurait parfois des petits « ho ! » admiratifs.

Gabriella soupira. Elle aurait voulu trouver les mots pour provoquer la même frénésie avec sa chronique. Mais la donne restait la même : elle n'avait franchement pas les moyens de se prendre un procès en pleine figure.

Son regard quitta l'écran de son ordinateur pour se fixer une nouvelle fois sur Noémie. Armée d'un crayon de papier, elle soulignait un passage du roman. Sans doute lui semblait-il particulièrement savoureux.

Gabriella cligna des yeux.

Elle venait d'être visitée par une idée, comme Marie par l'Archange Gabriel.

C'était sublime. *Pourquoi je n'y ai pas pensé plus tôt ?* se demanda-t-elle.

Au lieu d'écrire une chronique journalistique,

elle pondrait un texte de fiction. Tout serait vrai et tout serait faux. En même temps.

Les intéressés ne pourraient l'accuser de rien. En revanche, ses lecteurs ne seraient pas dupes. Et ils sauraient vite donner des noms et des visages bien réels à ses personnages. *C'est quoi la formule légale, déjà ?* Elle se connecta sur le Net. Et la trouva vite : « Toute ressemblance avec des faits et des personnages existants ou ayant existé serait purement fortuite et ne pourrait être que le fruit d'une pure coïncidence. »

Ça se travaille comme de la pâte à modeler les coïncidences !

Il suffisait que son scénario soit suffisamment retors pour qu'on ne voie pas les coutures. Pour ça, il fallait transposer. L'histoire ne se déroulerait pas à Paris et pas à notre époque. Les personnages ne seraient ni politiciens ni influenceurs ni flics. Solveig serait méconnaissable physiquement. Les autres aussi, évidemment.

Ce serait une novella à clé. Et il faudrait être assez trapu pour trouver la serrure. Mais justement, ce serait une difficulté stimulante.

La détective pourrait être un homme ? Ou un robot ? Et si j'essayais la SF ?

Gabriella brainstormait avec elle-même lors-que son smartphone émit un petit couinement. C'était une alerte. Et forcément à propos de Junio89, de Salva ou de Chanin puisqu'elle avait réglé son téléphone pour qu'il la prévienne si les médias ou les réseaux sociaux s'intéressaient aux membres de ce trio infernal.

Elle l'empoigna, vérifia en quoi consistait la nouveauté et faillit lâcher l'appareil en poussant un cri.

Elle cliqua sur un article du *Parisien*. Le quotidien annonçait la mort de Junio89.

La nuit passée, le feu avait presqu'intégralement détruit sa villa d'Ivry-sur-Seine.

« Le cadavre carbonisé du célèbre mais controversé influenceur a été découvert dans les décombres, annonçait le journal. D'après une source policière, il pourrait s'agir d'un incendie criminel. Thèse confortée par les pompiers qui ont eu beaucoup de mal à venir à bout du sinistre. Des traces d'accélérant auraient été repérées par les techniciens de la police scientifique... »

— Qu'est-ce qui t'arrive, Gabriella ? Ça va ?

La personne inquiète qui tentait d'attirer son attention n'était autre que Noémie. Momentanément mutique sous le coup de l'émotion, Gabriella lui tendit son smartphone. La jeune fille ouvrit une bouche en four, puis se ressaisit et poursuivit sa lecture de l'article.

— D'abord Solveig, et puis maintenant Junio89. Waouh ! C'est fou !

Gabriella s'était bien gardée de lui raconter sa dernière visite à Dukerque. Mais Noémie n'avait pas besoin de cette information. Son habitude d'ingurgiter de l'intrigue tous azimuts et en grandes quantités lui avait déjà permis de faire le tri dans ce pataquès et de relier les points essentiels.

Gabriella pensa soudain que son intuition ne

l'avait pas trompée. À un détail près : Dukerque ne s'était pas pris une balle, mais avait grillé dans sa villa en flammes.

Elle pensa à cet explorateur britannique trop sûr de lui. Comment s'appelait-il déjà ? Elle avait vu un reportage sur lui quelques mois auparavant. *Ah oui, Robert Falcon Scott.* C'était le grand rival de Roald Amundsen. Il s'était lancé comme défi d'arriver au pôle Sud avant son adversaire norvégien. Scott disait de lui-même qu'il était toujours « la personne la plus intelligente de la pièce ». Ça ne l'avait pas empêché de se lancer à l'assaut de l'Antarctique sans être suffisamment préparé. Résultat, ses hommes et lui n'étaient pas arrivés les premiers. Mais en plus, ils n'étaient jamais revenus, parce qu'ils n'étaient pas sortis vivants de l'expédition.

Comme Scott, Dukerque avait été tué par un ennemi intime et redoutable : l'orgueil.

Ce sentiment conduisait à l'aveuglement. La vérité toute nue, c'était que Dukerque, alias Junio89, n'était pas le mec le plus intelligent de la pièce.

Le mec le plus intelligent de la pièce…

Elle avala sa salive.

Et le mec le plus courageux, voire le plus cinglé de la pièce, ce serait… ?

Elle appuya sur le numéro préenregistré dans son smartphone. Celui qu'elle voulait entendre répondit au bout de la quatrième sonnerie. Elle s'énerva, il devait être encore en train de taper le carton avec sa bande d'ancêtres. Il décrocha enfin.

— Allô ? Ça va, mon doryphore ?

— Jure-moi que c'est pas toi, Gabriel.

— Hein ?

— Ivry-sur-Seine. Dukerque.

— Dunkerque ? Qu'est-ce que j'irais foutre là-bas ?

— Du-ker-que. L'influenceur qui se fait appeler Junio89.

— Euh, ouais, tu ne m'avais pas dit que son vrai nom était *Dukerque*. Et alors ?

Elle fourragea en vitesse dans sa mémoire. Lui avait-elle dit ou pas ?

Il essayait de l'entourlouper en jouant l'innocent ? Gabriel était roué. Et résistant comme le chiendent. Il n'avouerait pas aussi facilement.

— Tu as enquêté de ton côté, insista-t-elle. Pour me protéger. Quand tu t'es éclipsé sur le palier de Mathias, c'était un peu rapide comme disparition. Tu mijotais un truc. Au bout du compte, tu as compris que c'était Dukerque qui avait la vidéo. Toi, tu voulais la diffuser sur les réseaux parce qu'après ça, j'aurais été tranquille. Ils n'auraient plus eu de raison de s'en prendre à moi. Alors tu as essayé de faire parler Dukerque, ça s'est mal fini. Maladroit comme tu l'es, le coup est parti tout seul.

— Tu es gentille, dis donc.

— Pour faire disparaître tes traces, tu as mis le feu à la baraque.

— Ben, tiens. Le sucreur de fraises pyromane... J'ai tous les talents.

— Tu as ajouté de l'essence pour que ça aille plus vite. Parce que tu sais y faire... Justement.

— Oh là ! Normalement, ce sont les vieux

schnoques qui prennent soigneusement leurs gouttes. Mais je crois que tu devrais essayer.

— Arrête !

— Arrêter quoi ? J'ai rien commencé. C'est toi qui m'as dit : « Je me débrouille assez bien toute seule », non ? En plus, je t'ai raccompagnée chez un flic. C'est pas mal comme chien de garde. Bref, tu ne m'as pas fait l'impression d'une pauvre damoiselle en danger. Et puis de quoi tu parles, en fait ?

— Regarde les infos.

— Mon café préféré n'a pas la télé. C'est pour ça que je l'ai choisi.

— Regarde les news sur ton téléphone.

— C'est pas un téléphone malin, le mien. Ça me fatigue d'avance, ces trucs.

— Regarde le *Parisien*.

Elle attendit. Apparemment, le Poulpe faisait ce qu'elle lui demandait ; elle l'entendait tourner les pages de son quotidien favori. Il lui fallut un certain temps pour trouver le papier en question.

— Ah, oui. Mon canard parle d'un incendie à Ivry-sur-Seine. Du genre criminel. Mais, c'est pas moi qui ai craqué l'allumette.

— Tu me le promets ?

— Oui, mon coléoptère. Je te le promets. Dis-moi... Dukerque, ils l'ont éliminé à cause de la sextape ?

— Ah, tu connais des mots modernes comme ça, toi.

— Oui, c'est arrivé à un footballeur. La France entière était au courant.

— Exact. Bref, c'était Dukerque qui avait la vidéo.

— Ils l'ont récupérée, finalement ?

— Aucune idée.

— Bon, maintenant que je suis informé, j'ai très envie de rappliquer et de venir t'aider. Si ces types ont fait cramer Dukerque, tu es sûrement sur leur carnet de bal.

— Non. Ils savent que je n'ai pas la vidéo.

— Comment ça ?

— Dukerque avait commencé à négocier avec eux. Si j'avais eu une copie, il leur aurait dit. Et je ne serais plus là pour en parler. L'exclusivité, c'était la poule aux œufs d'or de Junio89.

— Admettons. Mais tu es blogueuse. Tu vas forcément les titiller.

— Tu crois ?

— Je te connais.

— J'aurais beau les titiller, ça ne donnera rien. Le Net parle de Chanin sans arrêt. Des tas de gens l'adulent. Des tas de gens le détestent. Ça jacte en tous sens, mais ce qui compte…

— Ce sont les preuves. Et donc la vidéo.

— Pour un croulant, tu as l'esprit assez vif.

— La belote est un excellent entraînement, mon scarabée. Ça devrait être imposé dans les Ehpad. Par décret.

Gabriella lui souhaita une bonne journée « à taper le carton » et rempocha son téléphone.

Elle s'était affolée pour rien. Le Poulpe était heureusement rayé de la liste des suspects.

Ce qui ne laissait pas beaucoup d'autres alternatives.

Noémie ne l'avait pas quittée des yeux pendant

son coup de fil. Son visage était toujours chaviré par la trouille.

Voyant leurs têtes, Julie et Juliette s'approchèrent. Vlad arriva lui aussi.

Gabriella leur fit un topo de la situation. Les trois femmes voulurent des détails. Elle les leur donna. À la fin de son laïus, elle eut l'impression que sa langue s'était transformée en papier mâché. Vlad, qui était de retour de la cuisine et n'avait pas ses yeux dans sa poche, lui apporta un verre d'eau. Elle engloutit son contenu sans en laisser une goutte.

— Ce salaud n'a eu que ce qu'il méritait, décréta le grand Roumain.

— Bien d'accord, renchérit Julie.

— D'après ce que tu nous as raconté, Gabriella, c'est Chalva le responsable, dit Juliette.

Tous la regardèrent sans comprendre.

— Vous n'avez pas vu *Les Hommes du président* ? Le film qui raconte comment Woodward et Berstein, deux journalistes du *Washington Post* ont fait tomber Nixon. Le Watergate, quoi ?

— Non, ça ne me dit rien, réagit Noémie. C'est quoi, le Water guette ?

— Bah, peu importe. C'était une autre époque. Bref, leur rédacteur en chef faisait un groupage et les appelait « Woodstein ». Ça m'a marquée. Donc, voilà. Chanin plus Salva égale Chalva.

— Tout ça à cause d'une vidéo. C'est dingue, commenta Noémie d'une petite voix.

— Influenceur, c'est un boulot dangereux, ajouta Vlad.

— Pour l'instant, réagit Juliette. Mais ça va se tasser.

— Comment ça ? voulut savoir Noémie.

Juliette, décidément très en forme ce matin, se lança dans une grande explication. D'après elle, les jours des influenceurs étaient comptés. Elle avait lu dans le journal que, depuis peu, des intelligences artificielles fabriquaient des vidéos très convaincantes. Il suffisait de donner un thème à une IA et, en un rien de temps, elle produisait du contenu « bien foutu et qui tenait la route ». D'après elle, ça se développait à une vitesse exponentielle.

— *Exponentielle...* ? réagit Noémie. Ça veut dire quoi ?

— Le public a d'abord assisté à de la production de textes, puis d'images et maintenant de vidéos. Bam ! Ça va tellement vite qu'on a du mal à suivre.

— Oui, bon...

— Mais si ! Plus la peine de se fatiguer à trouver un lieu, un décor, à écrire un scénario, à utiliser et rémunérer des intervenants, les machines font ça impeccablement à notre place. Et ce n'est que le début. Vous allez voir ce que vous allez voir !

— Ouais, mais non, en fait, insista Noémie.

— Tu peux élaborer ? rétorqua Juliette.

— J'ai vu des vidéos fabriquées par des IA. Dans celle de l'anniversaire de la mamie, les acteurs et les actrices ont des mains horribles. Six doigts. Oui, carrément. Ou alors pas assez de doigts. Des pinces de monstres. Tu vois ? Avec des bugs comme ça, les gens savent tout de suite que c'est du fake.

— Fake ou pas, justement, c'est ça le point, dit Juliette. Plus tard, quand un salopard genre Junio98...

— 89, la corrigea Noémie.

— Junio89, si tu veux. Bref, quand un salopard comme lui voudra faire chanter un salopard comme l'autre, il ne pourra pas.

— Pourquoi ? la questionna Noémie.

— L'accusé pourra prétendre que c'est du fake, justement ! Il y aura des montagnes de vidéos. Parce que n'importe qui pourra en fabriquer quasi instantanément. Donc, les influenceurs seront bientôt obsolètes et les maîtres-chanteurs aussi.

— Et les éplucheurs de radis, c'est bon ? demanda Vlad.

— Oui, c'est bon. Retourne en cuisine, toi !

— OK, patronne.

Leur groupe regarda Vlad s'éloigner. Noémie soupira qu'elle n'avait rien compris à la démonstration de Juliette. Celle-ci l'observa quelques secondes, puis s'adressa à Gabriella :

— Bon, c'est pas tout ça. J'ai un rade à faire tourner, moi. Ciao.

Juliette mit le cap vers le comptoir avec la tranquille détermination d'Amundsen en route vers le pôle Sud. Julie fila dans son sillage.

Noémie, restée debout et immobile, serrait son volumineux bouquin sur son cœur.

— *Obsolète*, ça veut dire « dépassé », hein ?

— Oui.

— Dis donc, elle exagère ta copine. Elle n'est pas franchement bienveillante.

— On ne peut pas être tous bienveillants.
— Pourquoi ?
— Ce serait ennuyeux, j'imagine.
— Non, je ne trouve pas, moi. Si on fournissait des efforts pour être plus tolérants les uns avec les autres, ça irait bien mieux.

Moi, j'ai mes dix doigts, songea Gabriella. *Et je ne suis pas encore obsolète. Et pas trop bienveillante non plus. Alors ma chronique, je peux l'écrire. Non, je dois l'écrire. Mais j'ai intérêt à m'activer. Parce que l'obsolescence me guette, justement.*

— À quoi tu penses ? reprit Noémie.
— Que je vais écrire ma chronique.
— Mais on se tue à te dire que c'est dangereux !
— Oui. Mais ce sera de la fiction.
— Hein ?
— Enfin, de la fausse fiction.
— Ah oui, je commence à comprendre. En fait, c'est très tendance de mêler la fiction et le documentaire. Bravo.
— Je cherche encore une atmosphère. Mais tu m'inspires, en fait. Je crois que je vais écrire ça dans un style dark romance mélangée à de la SF.
— Ça existe déjà. Mais pourquoi pas.
— Tu peux me refiler quelques tuyaux ?
— Tu es sérieuse ?
— J'en ai pas l'air ?

La booktokeuse lui décocha un grand sourire, puis vint s'asseoir à côté d'elle.

Gabriella avait déjà une idée pour l'incipit. En écoutant Noémie lui donner quelques pistes, elle commença à faire courir ses doigts sur le clavier. Cette phrase, elle l'immortaliserait avant qu'elle lui échappe.

« En l'an 3010, sur la planète Singani, Shéhérazade22, vêtue d'une combinaison rouge sang, monta à bord de son vaisseau aquaticospatial amarré au bord de la rivière qui scindait en deux la mégalopole où elle était née, vingt-cinq ans auparavant... »

Déjà parus

Le Poulpe
La petite écuyère a cafté, Jean-Bernard Pouy
Un trou dans la zone, Franck Pavloff
La bonne a tout fait, Franz Bartelt
La Belge et la bête, Bruce Mayence

La fille du Poulpe
Les cols des Amériques, Thomas Cantaloube
Faut pas prendre les enfants de la rue pour des connards sauvages, Maryssa Rachel
Des clics et des claques, Dominique Sylvain

À paraître

Le Poulpe
Papy End, Jean-Pierre Andrevon

La fille du Poulpe
Les poupées rusent, Serguei Dounovetz

Imprimé en France par
CPI Bussière
en octobre 2024
N° d'impression : 2080926